JN188446

拝啓、僕の旦那様

朝霞月子
Tsukiko Asaka

本川弥尋（ほんかわやひろ）

三兄弟の末っ子、近所で評判の美少年
明るく素直で甘いものが好きな大学生
三木と養子縁組で結婚した
結婚から一年以上経っても甘い夫婦ぶり

三木隆嗣（みきたかつぐ）

美丈夫なエリート会社員
生真面目で一見近寄りがたいタイプ
養子に迎える形で弥尋と結婚
弥尋を溺愛しており独占欲が強め

拝啓、僕の旦那様　—溺愛夫と幼妻のワンダフル日記—　005

名馬と弥尋君　173

三木さん奮闘する　177

彼は如何にして飼犬になったのか　205

あとがき　251

拝啓、僕の旦那様

—溺愛夫と幼妻のワンダフル日記—

Wonderful new life in Yahirokun nineteen.

Sweet & Jealousy & Danger

春爛漫真っ盛り。

季節と同じく、三木との縁組——事実上の結婚から一年を経た今でも、周囲が舌を出してしまうくらい、三木と弥尋の甘い夫婦ぶりは健在で、常にパステルピンクの花びらやハートが飛び散っているような甘い雰囲気にも、必然的に二人を知るものは慣らされてしまっていた。

そして今、頃は四月。

十九歳になった弥尋は、それまでの最高学年から一転して、ピカピカの新入生として大学一年生としての生活を送っていた。

(そう言えば、去年は新入生に花飾りを付けてあげたなあ)

なんて思い出に浸りながら迎えた大学の入学式では多少のドキドキ感はあったものの、小中高と経験して来たどの入学式よりも新入生の人数が多ければ、緊張もなくなるのが通常だ。中には初々しさの欠片もない、本当に同い年なのかと思えるほど老けた——もとい大人びた学生もいれば、苦節ウン年で入学を果たした浪人生もいる。社会人経験者だっているだろう。

入学式の会場はアイドルのコンサートでもお馴染みの日本武道館。こんな機会でもなければ入ることはまずなかったはずの建物への物珍しさと驚きが先に立ってしまったのもあって、入学式そのものへの緊張はなかったのだが、弥尋の場合、別の意味で緊張をしていなければならなかった。

「やはり弥尋君が一番美人だ」

うんうんと腕組みして重々しく語るのは三木の父清蔵。

「やひろくんがいちばん」

なぜか付いて来ている三木の兄の一人息子優斗がそれに同意し、

「当然です。私の弥尋に勝るものがいるはずがない」

誰が何と言おうと絶対的な真理だと言わんばかりに傲慢に自信たっぷり言い放ったのは、言わずと知れた弥尋の夫、三木隆嗣。

祖父三木光利は目元を赤くして弥尋の晴れ姿に感涙で言葉もない。これで三木グループを束ねる会長だというのだから、孫嫁バカぶりにますます拍車が掛かっている。

(卒業式もおんなじこと言ってたと思うんだけど……)

彼らの弥尋に対する溺愛ぶりには、一年の間で慣れたとはいえ、流石に大勢の人がいる中での発言には恥ずかしさも出て来る。その結果、白い項がほんのりと桜色に染まり、それがまた三木の劣情に火を点したりするわけなのだが、これに関して弥尋には一切非がないことは言うまでもない。

進路は、私立大学と国公立大学のどちらかを考えて、結局第一志望の国立系国内最高学府への進学を決定した。受験勉強と家事との両立は思っていた以上に大変ではあったが、元々弥尋の学力が十分合格圏内にあったことと、努力を怠ることなくコツコツと地道な学習を続けたことも実り、何より生活全般への三木の協力もあって見事合格することが出来た。

高校の友人たちの多くも、同じ大学や関東圏内の国公立大や私大に進学し、卒業してもすぐに会える距離にいるのは心強いことでもあった。

「卒業しても会おうね」

友情を誓い合った卒業式は、ほんの数週間前のことなのに出来事としてはすでに懐かしい。

文系に進んだ弥尋は、今は教養講座や基礎講座の履修で初めての単位制の授業に忙しいが、慣れてしまえばペースも摑めるというもの。三木にも教わりながら、時間割と睨めっこして授業のコマを埋めて行く作業もなかなか楽しいものだった。

　三年間通った杏林館高校の卒業式には、三木・本川の両方の家族が参列した。

　本川の実家からは母と次兄が、三木のところからは祖父母と父母が列席して、弥尋を囲んで涙を流したり感動したりと、それはもう大忙しだったのは言うまでもない。

　三年間通った学校の卒業式にはやはり感慨深いものがあるのか、泣くまいと思っていても涙を零す生徒は後を絶たなかった。

　かく言う弥尋も、最後だと思えばついつい瞼の裏が熱くなってしまうもので、クラス代表で卒業証書を取りに行った帰り、壇上から生徒全員を見渡してしまえば、もう駄目だった。

（もうみんなの前で喋ることはないんだなあ）

　生徒会役員として、何度こうして壇上から話をしたことか。見える景色も何もかもがこれでおしまいだと思うと、胸に込み上げて来るものがある。窓の外に見える桜の木も、少し上の部分が外れかけているカーテンも、どれもが懐かしく、どれとも今日でお別れだ。

　自覚なく、ポロリと頰を伝って零れ落ちてしまった涙に、弥尋が慌てるよりも先に参列する在校生たちから悲鳴交じりの歓声が上がった。

「本川先輩っ」

「三木先輩……っ」

「桜霞の君……」

　在校生の間から漏れて来る言葉を合図に、すすり泣きの声も大きくなる。

　卒業生や在校生の多くが袖やハンカチで目元を押さえていたのは、男子校では珍しい光景ではなかろうか。

　そのすすり泣きは、在校生代表として現在の生徒会長が送辞を述べ、学年首席、元生徒会長の遠藤（えんどう）が朗々とした声で答辞を読み上げる頃には、最高潮に達してしまっていた。

高校生たちがこうなのだから、当然保護者の間でも目元を押さえる者が後を絶たず、来賓用の化粧室は落ちてしまった化粧を整えるお母様方が列をなして並んでしまっていたとか。

そんなこんなで最後の三年一組のホームルームに現れたクッキーこと担任久木田（くきた）も目を真っ赤にして男泣きをしており、最後の最後までクラスがクラスらしかったのは、とてもよい思い出だ。

「クッキー泣くなよ。俺たちとの別れが辛（つら）いのはわかるけどさー」

「ち、違うぞこれは。これは心の汗だ」

「どこのドラマだよ。汗かくようなことなんてしてないだろ」

などなど、楽しい会話も今日限りと思えば、笑いの中にも一抹の寂しさはある。

「あれが俺の」

最後の時間をいつもと同じように気持ちよく過ごそうとする生徒たちで教室の中が賑（にぎ）わう中、弥尋は自分たちの関係を知っている遠藤にそっと三木を紹介した。

大学も同じ、学部も同じで、今後の付き合いもあることを考えれば、知っておいてもらいたいという気持ちは言うに及ばず、たまには同年代の友人に遠慮なくのろけてみたいとの気持ちが大きかったのもある。

ちらりと廊下や教室後ろに居並ぶ保護者に目をやった遠藤は、弥尋言うところの「お相手」をすぐに見つけ出し、

「目立ってるな」

まずは単純明快な感想を述べてくれた。

「うん。それは言わないで」

答える弥尋もちょっと苦笑い。というのも、三木だけでなく二家族合わせて七人が教室に押しかけて来た

のだから、目立つのも当然と言えば当然のこと。

　子供たちの晴れの舞台に和服を着込んだ保護者は意外と多かったが、やはり日頃から着こなしている三木の祖母や義母は、弥尋の贔屓目かもしれないがちょっと違って見えた。それは彼女たちが身に纏う「絶対に高級に違いない」着物のせいでもあり、身についた威厳や気品もあるせいか、わかる人にはわかるらしく、どことなくセレブリティ溢れる御一行様は、周囲からの視線を集めるには十分すぎる存在感を持っていた。

　その中にあって、祖父と三木父の締まりのない顔はどうにかならなかったのだろうかと思うのだが、こればかりは言って治るものではないと祖母も義母も諦めているようだ。

　しかし、弥尋が一番見て欲しかったのは三木である。三つ揃いの上等なダークグレーのスーツを着た三木は、保護者たちの中に埋没することなく、立っているだけでも非常に目立ち、誰の身内だろうかとひそひそ声が上がる中、級友や保護者たちに自慢したくてうずうずするのだが、そこは我慢。

　そして、ブラコン実則は健在で、都合をつけて卒業式と入学式の日のシフトを変更させた次兄は、珍しいスーツ姿で弟の卒業を心から祝っていた。実の家族でさえ一年に一度見るか見ないかの実則のスーツ姿に感動しながらも、

（素材はいいんだから普段からお洒落すればいいのに）

と、家族全員から思われていたのを本人は知らない。起きている時もジャージなら、寝る時もジャージの実則には、確かにそんな感想を持ちたくなるのも当然だ。

　その実則、三木とのちょっと一触即発ムードが漂っていた初対面を思えば、若干の不安はあったのだけれど、三木が大人の対応をしてくれたおかげで、弥尋が目出度く卒業を迎えた今日は、特に険悪になることなく差し障りない会話を交わしていたようで、一番の気がかりが杞憂に終わったことで弥尋はほっとした。

そんな華やかな一団を気にしつつも、正面を向いて教室の最後の風景を名残り惜しんでいる弥尋に、

「新聞部の特集の一面トップは決まったな」

そう話しかけたのは鈴木だ。

「特集の一面トップって？」

「卒業式に出席しない一年も式のことを知りたいだろうからって発行される校内新聞のことだ。毎年特集を組んでるのは三木も知ってるだろう？　その一面トップがお前ってこと。それに新入生の案内用パンフレットの表紙や卒業アルバムの一面を飾るのも間違いないんじゃないか」

「そんな大袈裟な」

「大袈裟なもんか。しばらくの間、三木が広告塔の役目をするのはまず間違いない」

「もう卒業しちゃうのに、広告塔って変じゃない？」

「そこはそれ。制服や校風も入学志望の動機に堂々ランクインする昨今だ。むさ苦しいところは避けられる傾向があるだろう？　そこで儚げな美少年を起用すれば、ちょっとしたイメージアップにも繋がるって作戦。今までだって他の先輩が表紙飾ってたりしたんだから、代替わりしたと思えばいい」

「なんか複雑なんだけど」

「気になるならモデル料請求すれば？」

弥尋の側から申し出れば、校長は幾らでも応じそうだ。ついでに向こう十年間の契約も持ちかけかねない。

こんな自分でいいのかと考え込む弥尋に、鈴木は「三木らしい」と笑った。

「いいんじゃないか？　母校のイメージアップになると思えば。他にも遠藤や風間なんか、俺たちの代には見栄えのいいのが揃ってたから卒業式の記事もいつもよりページ数増やす予定らしいぞ」

元新聞部部長の鈴木の言葉なら事実なのだろうが、そこまでして他の学年の卒業式のことを知りたいものなのだろうかと弥尋などは思うのだが、

「そこはそれ、いろいろあるんだよ、青少年だから」

憧憬と恋情がないまぜになった複雑な男心である。

　そういえば、卒業式の間にもたくさんフラッシュが焚かれていたなあと思い出して、

「憧れてた先輩が卒業するのがみんな悲しいんだね」

と納得し、鈴木ばかりでなく周囲で聞き耳を立てていた友人たちに溜息を吐かせた弥尋は、自身がその対象になっていることを最後まで自覚しないまま。

　鈴木と遠藤は顔を見合わせ笑った。

「三木だからな」

「仕方がない」

　鈍いわけではないだろうが、弥尋に想いを寄せる生徒たちにはご愁傷様としか言いようがない。

「それはともかく、帰りは覚悟しておいた方がいいぞ」

「帰り？」

「そ。帰りの花道」

　花道とは、昇降口から正門までの間に設けられた造花で作られた花のアーチである。ホームルームを終えた卒業生たちは、そのアーチの下を潜って祝福を受けながら母校を後にする。その後、再び校内に戻る生徒も多いことから、すぐに取り除かれることはなく、アーチを背景にした記念撮影会は毎年恒例になっていた。

　共学ではないために、告白劇はそう多くはないものの、中にはこっそりとボタンやネクタイを交換し合う生徒たちもいて、卒業式がカップル成立記念日になるという二人も少なくはないとか。

「三木や遠藤は告白も多そうだな」

「そうでもないと思うけど」

「いや、甘く見ない方がいいぞ。今まで抑圧されていたのが最後だと思って、派手に玉砕するつもりのやつは多いみたいだから」

　弥尋はくすりと笑った。

「玉砕前提なんだ」

「おう。在校生が卒業生に告白して振られても、顔を

合わせないで済むだろう？　だからってなけなしの勇気を振り絞る後輩も多いらしいぞ」

「じゃあオーケー貰ったら？」

「頑張って遠距離恋愛に励むだけだな」

「ふうん。いろいろあるんだねえ」

「お前、他人事だと思ってないか？」

「もちろん他人事だよ。仮に告白されたとしても、悪いけど断るしかないから」

　弥尋には大事な大事な人がいて、今もじっと見つめてくれているのだから。

「クールだなあ。まあ抜け駆けする根性のあるやつはいないかもしれないけどな、三木の場合は」

　桜霞の君は神聖視されているがため、憧れの対象としての見方が一番大きいとは、鈴木独自の調査によって判明している。

　別に抜け駆け禁止令が出ているわけではないにもかかわらず、神聖不可侵な聖域として崇め奉られており、卒業を前にしてもその姿勢は崩されることはないようだ。思い出は思い出として、美しく残しておきたい思春期の青少年の純情ゆえだろう。

　名残りは惜しいが別れの時はやって来る。

　担任久木田の涙の「元気でな」を合図にして、「起立」「礼」の後の、

「先生、ありがとうございました！」

　生徒一同一斉の挨拶に、担任が滂沱したのは言うまでもない。

　ホームルームが終わって解散の後、卒業生が花のアーチの下を潜り抜ける際には、写真や握手を求める在校生からの声がひっきりなしに飛び交い、戻って来てからはプレゼント攻勢に遭い、卒業生との写真撮影の順番待ちの列が出来てもみくちゃになってしまったために、急遽、生徒会役員たちが列整備を担当し、人気のある生徒たちとの記念写真を是非ともと願う人の列は、昼を随分過ぎるまで途切れることはなかった。

告白こそされなかったものの、大勢の後輩や同級生に慕われている弥尋も例外ではなく、しばらくの間囲みから抜け出すことが出来ずに、遠くから眺めているだけの三木に嫉妬の炎を燃やさせてしまったが、これればかりは不可抗力だ。

「またね！」

そんな挨拶を交わして懐かしい校舎と友人に別れを告げた弥尋は、高級料亭悠翠(ゆうすい)で卒業を祝って貰った。食事は主任の板垣(いたがき)が作った創作メニュー「桜」。高級料亭に初めて行った母と、遅れて参加した父は恐縮することしきりだったが、離れを使っての食事が終わる頃には、どちらの家族の間にも和気藹藹(わきあいあい)とした雰囲気が流れていた。

「実則兄ちゃん、残念がるだろうなあ」

時間の都合が合わなかった実則は、泣く泣く一人、職場のある品川(しながわ)まで向かうことになり、

「弥尋、家に帰る時には連絡しろよ。いつでも帰って来ていいからな」

「バカ言ってないでさっさと仕事に行きなさい」

弥尋の手を握ってなかなか離さず、母親笑子(えみこ)に叱(しか)られていた。

「機会があればまた誘うか？　志津(しづ)君も一緒に」

「うーん、でも志津兄ちゃんはともかく、実則兄ちゃんの都合に合わせてたら、いつになるかわからないから」

実則が聞けば拗(す)ねそうなことを言い、弥尋は満足した気分のまま悠翠を後にした。

そして迎えた二人だけの夜。

弥尋は一年間、首に掛けられていたチェーンから銀色に光る指輪を抜き取った。

「これでお揃い」

そうして嵌(は)めた薬指を三木がそっと手に取って、口

づける。

本来あるべき場所に嵌められた指輪は、学校以外では指に嵌めてはいたものの、これからは堂々と表に出すことが出来るのが弥尋には嬉しくてたまらない。

「でも勿体ないね、このチェーン」

「そのまま首に掛けていても問題ないだろう。指輪は指に、チェーンは今まで通り首に掛けていればいい」

「両方してたら、なんか派手じゃない？」

「そんなことはない。シンプルなデザインだからそこまで目立つものでもない。首元が寂しいのなら、ペンダントトップだけ別に買って下げてもいいとは思うが」

後で聞いたところ、その時の三木は脳内で二人の写真を収めたロケット型のペンダントトップを思い描いていたとか。

弥尋は慌てて手を振った。

「要らない要らない。チェーンのためだけに買うのなんて勿体ないから、なし。隆嗣さんも、こっそりお土産に買って来たりしないでくださいね」

「似合っているのに」

「これだけで十分だよ」

弥尋は先ほど三木が口づけた指輪に唇を寄せた。

「弥尋」

「隆嗣さん」

見つめ合う二人がいれば、後はもうお約束の展開が待っている。

自然に寄せられた唇が熱い吐息を吐き出して、真夜中を迎える頃には睦み合う二人の姿が寝台の上にあるのみだった。


卒業式、それから初めての海外旅行と、慌ただしい中に楽しい三月を送った後で迎えた新学期、新生活は、実のところ、考えていたよりも弥尋にとっては楽な展開になってほっと一安心していた。

唯一、叶えられなかった弥尋の願いといえば、普通乗用車の免許、つまり運転免許の取得で、これに関しては関係者一同、弥尋が自動車免許取得を断念してくれてほっと胸を撫で下ろしたものである。

「頼むから、運転免許を取りに行こうなんて考えないでくれ」

実家の父母兄一同から懇願され、最愛の夫にも頭を下げられて、強気で押し切るだけの根性は弥尋にはなかった。

弥尋を溺愛する兄たちまでもが、この件に関しては、

「絶対に弥尋に免許を取らせないでくれ」

「弥尋のお願いでも、絶対に絆されないで欲しい」

と長兄次兄がそれぞれ電話を入れて頼むという徹底ぶり。

「人命に関わることなんだ」

そう相談された時には何事かと思ったが、話を聞けばなるほどと頷くしかないもので、三木も本川家一丸になっての頼み——と言うか懇願には、賛同せざるを得なかった。

それもそのはず、弥尋の運動音痴ぶりはすさまじいものがあるのだ。自転車に乗れることさえも奇跡と言わしめる運動音痴っぷり。そんな弥尋が自動車学校に行けばどうなるか。

頭はいいので学科は難なくパスするだろう。その後だ。その後、構内での自動車に乗っての教習を無事に乗り越えられるかどうかは、神のみぞ知ると言うほど。まぐれか奇跡によって、万一路上にでも出ようものなら、どんな惨事が待ち受けているかわからない。弥尋にとっても、周囲にとっても、それだけは絶対に避けねばならないことだった。

弥尋の実家である本川の家族が予想したように、卒業式が終わると弥尋はすぐに三木へ願いごとを口にした。

「自動車教習所へ通いたいんだけど」

と。

もしも――もしも事実を伝え聞いていなければ、即断即決、すぐにでも教習所への申し込みをしていただろう可愛いおねだりではあったが、三木は涙を呑んで、「駄目だ」と許可を出さなかった。弥尋の願いを断るなど、三木にとっては断腸の思いに等しい。しかし、無理なものは無理なのだ。

「どうしても駄目？」

「駄目。いくら弥尋君の頼みでも聞けない」

「どうしても？」

「どうしても」

「……隆嗣さんのケチ」

拗ねた弥尋に「ケチ」呼ばわりされた三木は軽くショックを受ける羽目に陥ってしまったが、免許を取った暁に訪れるだろう悲惨な未来を思えばましである。

「弥尋君、私はケチで言っているんじゃないんだ」

「じゃあどうして駄目って言うんですか？」

「密室に二人きり、それを許せるとでも？」

「……教習所だよ？」

「それでも」

「隆嗣さん、ヤキモチ」

「どうとでも。だから弥尋君、私の心の安寧のためにも教習所は止めて欲しい。車なら私がいくらでも乗せてあげるし、運転手が必要ならいつでも運転手になるから」

「自分で運転したかったんだけどなあ」

早々と推薦で大学に合格した友人たちのうち何名かは、高校在籍中に免許を取得しているし、春休みを利用して自動車学校に通うと話していた級友もいた。そんな話を耳にしていた弥尋は、自分もすっかり取れる気になっていたのだが、満場一致の反対に諦めるしかないのが現状。

「俺に免許があれば、隆嗣さんと交代で車の運転も出来るのに。志津兄ちゃん見てたらすごく楽しそうだし、憧れてたんだけど」

「志津君と弥尋君は違うだろう？　その気持ちだけで十分だ」

「でも疲れたりしない？」

長時間のドライブに出かけるよりは家でのんびり寛ぐ方が好きな二人だから、遠出という遠出はしたことはないが、それがたとえ一時間でも三十分でも、三木に楽をさせたいという弥尋には不満だったのだ。

「疲れるもなにも、弥尋君が隣にいれば私はいつでも元気になれる。今だってほら」

三木の手が導いた先に、弥尋はぽっと顔を赤らめた。少し硬さを持つそこは、弥尋が少し触れただけでドクンと脈打った気がした。

「その元気、ちょっと違うと思う」

「でも事実だろう？　こんな私は嫌いか？」

「隆嗣さんを嫌いになるなんてことあるわけないですよ」

「だったら」

三木は弥尋を抱え上げ、自分の膝の上に乗せて向かい合うように座らせた。硬いものが尻に当たってどこか座りが悪いというか、居心地が悪いというか……。

「教習所へ通うなんて考えないで欲しい」

ちゅっと唇を啄まれ、弥尋は恨めしそうに三木を見下ろした。

「……これって色仕掛け？」

「いや、妻を愛する夫のささやかな願いだよ」

「隆嗣さん、ずるい」

弥尋は三木の頭を抱くようにして胸に引き寄せ、髪の毛に鼻先を擦りつけてクスンと泣き真似をした。

「そんなこと言われたら我儘言えなくなっちゃう」

「教習所に通う以外の我儘なら大抵のことは叶えてあげるから、我慢してくれないか？」

どうする？　と尋ねられ、どうして「いいえ」と答えられようか。

「……わかった。免許取るのは諦める。でも」

弥尋は頬を膨らませたまま言った。

「もしも、もしも運転手がどうしても必要になったら言ってくださいね」

「ああ」

そんな日が決して来ないことを心の平安のために切に願う三木だった。

「それで弥尋君、私もお願いがあるんだが」

顔を寄せる三木の低い囁き声と腰を這う手の動きの意図するところは明白で、弥尋はコクンと頷いた。

(絶対に色仕掛けだ)

そう思いながら。


こうして、弥尋の運転免許証取得の野望は潰え、色仕掛けで有耶無耶にしつつ、泣き落としに近い形で妻に懇願した三木の粘り勝ちという結果に収まったのは、誰にとっても幸運には違いない。

「くれぐれも、弥尋に免許だけは取らせないでくれ」

そう言って電話口の向こうで頭を下げた時の次兄と長兄の声には、切実な響きがあった。

「あれは弥尋がまだ五歳の頃の話なんだが」

長兄志津が語った弥尋の武勇伝。

幼き頃、家族五人で出かけた遊園地でその悲劇は起こった。

遊園地につきものの、カートに乗って競争する兄たちを羨ましがった弥尋に同情した両親が小さな電動カートに乗せたのだが、すぐに後悔した。コインを入れてハンドルを握って動かすだけなのに、百歩譲ってハンドルを動かさなくてもアクセルを踏めば動くはずのカートは、進むたびに縁石やブロックに体当たりし、一度も真っ直ぐ進んでくれなかったという。

そして、その都度聞こえる弥尋の悲鳴。ぶつかってはコースに戻り、戻ってはぶつかるの繰り返しでは、他の子供たちの大迷惑になってしまう。一般道路で言えば、大渋滞大混雑を巻き起こしてしまったようなものだ。

ペコペコと他の親たちや係員に頭を下げて謝罪しながら、まだ乗りたいと泣く弥尋を抱えて引き離し、アイスクリームを食べさせてご機嫌を直してやらなければならなかった。

ここにきて両親は自分たちの末息子がとてつもない運動音痴であることに、納得せざるを得なかった。

「いつまで経っても三輪車に乗れないと思ったら……」

「運動神経、忘れて来ちゃったみたいね……」

思えば、立ち歩きも遅かった。寝返りも遅かった。はいはいも途中まで進んでは、よく家の中のあちこちにぶつかっては転んで泣くのを繰り返し、弥尋を遊ばせる時にはかなり注意が必要だったものだ。

大人しく、手のかからない子ではあったのだが、一人で遊ばせると何をするかわからない。その意味で、目を離すことの出来ない幼少時代、その頃から可愛い可愛い弟を溺愛していた二人の兄が世話をしてくれて、母親もどんなに助かったことか。

「お兄ちゃんたちが何でもしてあげたせい……じゃないわよね」

きっと生来のもので、幼稚園のお遊戯では一人だけ動きがずれていたり、小学校へあがっても縄跳びが飛べなかったり、逆上がりが出来なかったり、泳げなかったりと運痴の片鱗を見せつけつつ、中学校へ進学する頃には事例を見るまでもなく運動音痴は決定的で、本人が自覚してくれたのは幸いだった。

とまあ、そんなエピソードを聞かされた三木がいくら可愛い弥尋の頼みでも聞き届けるわけはない。

この件に関しては、三木は両親や祖父母にも事実を正確に伝え、ないとは思うが弥尋に免許を取らせようとは考えるなと釘を刺している。祖母がしっかり手綱

を握っている祖父はまだ分別があるが、甥の優斗と一緒で「弥尋君、弥尋君」と言っている父には、

「弥尋が怪我したらどうするんですか」

この一言で黙らせた。

「弥尋が事故を起こさなくても、弥尋の乗った車に何かがぶつかって来るかもしれない。当たり屋のような性質の悪いやつらが絡んできたらどうするつもりですか」

もちろん、そんなことがあれば三木家の全力をもって社会的に立ち向かうつもりではあるが、世の中ただ歩いていても何が起こるかわからないのだから、心配の種は排除するに限る。

「それは困る。弥尋君が怪我をするのは私には耐えられん」

白い包帯でぐるぐる巻きにされた弥尋が病室に横たわる情景まで思い浮かべてしまったのか、蒼白になった父も弥尋に運転させることの危険性に思い至ったのか、素直に諦めてくれたのはよかった。何せ、弥尋を溺愛して止まないこの父は、ことあるごとに弥尋へのコンタクトを図ろうとするのだから、夫にしてみれば鬱陶しいことこの上ないのだ。

嫁と舅が仲が良いのはいいのだが、それにも限度というものがある。週末や休日に押しかけて来る父には、もう少し事業の方で忙しくして貰うべきだなどと、不穏なことを息子が考えていることを知らない清蔵は、ある意味幸せなのだろう。

話は戻って入学式。

国内最高学府の入学式は、テレビや新聞の取材に訪れる記者が会場周辺に多く集まり、保護者や新入生以外の人や車や機材がごったになって存在していた。

小中高校と違い、大学生の入学式に親が参加することはあまり多くはないが、そこはそれ。学生数も多い上、我が子の晴れ姿を見ようとする上京組の保護者も多く、かなりの人数が集まっていた。

華やかで晴れ晴れしい舞台の主役は、国内を代表する大学へ入学を果たした新入生諸氏。だから、本来ならばその他大勢の家族と同じように、単なる学生とその保護者というだけで埋没してしまうところなのだが、そこは三木ファミリー。

経済誌も発行している新聞社や記者たちの中には、芸能関係以外にも顔が広いものも多く、三木家の出席を目敏(めざと)く発見した彼らは、入学式の記事そのものは同僚に任せ、自分たちは滅多に見ることのない三木会長とその家族揃っての貴重なシーンをカメラに収めるべく、奔走した。

ただし、相手は三木である。三木屋グループ会長や社長の揃っての出席に、

「記事になるぞ」

と意気込んだ記者たちは、さりげなく配置された護衛の手によって、一家に近づくことなく遠ざけられてしまい、インタビューをすることは適(かな)わなかった。

「どなたの入学式ですか?」

果敢に試みた記者もいたが、マイクをつきつける前に丁重にお断りされてしまえば、他社の記者も大勢いる以上、自分が記事になるような事態は避けねばならず、断念せざるを得ない。

彼らに出来たのは、遠くから三木家の会長らの姿を

写真に収めるくらいのものだった。

　だが、一家が揃って大学の入学式に現れたとなると、関係者は一体誰なのだろうかと憶測も飛ぶ。

　幸いと言ってはなんだが、弥尋と一緒にいるところは撮影されておらず、その点でもガードは完璧だったといってよいだろう。そこには三木の配慮があった。老舗の菓子処(どころ)という、経済界でも顔を知られている父や祖父らと共にいれば目立つのはわかりきったこと。そのために、会場となる日本武道館に到着した時点で弥尋と二人、家族からさりげなく距離を取るようにしており、記者たちが気付いた時にはカメラのフレーム内に写らない距離にまで離れていた。

　だから、三木の家族が——三木屋の会長が溺愛する孫嫁が大学にいるという話だけが、キャンパスや経済界に広がってしまったのだが、これについては誰に非があるわけでもない。

　ただ、結果として三木の名だけが大きく広がり、思った以上に反響を呼ぶことになってしまったのは、誰にとって不幸だったのか。

　それなりに社交性があり経済界にも顔の利く一部の保護者のうち、賢い連中は、普通の友好関係を築いていければよいと考えるだけに留(とど)まってはいるようだが、中には三木たちの様子を見て、縁者がいるならば誼(よしみ)を得ようと目論(もくろ)む保護者もいる。たかが大学の入学式にもかかわらず、すでに各々の思惑を込めた駆け引きは開始されていた。

　主体となる経営基盤が飲食・和菓子業のため、総合商社などに比べると関係のない取引先や部署は多いものの、有名な森乃屋(もりのや)の菓子を取り扱えるだけでも箔(はく)がつくと考える向きは多い。現在は直営店以外はホテルや空港の土産物店、百貨店などに卸しているくらいなので、自分のところで扱えるなら、と売り込む企業は毎日のように本社を訪れており、それは必ずしも狭い範囲に収まっているわけでなく、弥尋の存在が公になれば、安心出来る学生生活が送れるかどうかを不安視する声も、実際にあった。

「大丈夫ですよ。そんなに心配しないでも」

「だが弥尋君、高校と大学とでは違う。いつ誰がどうやって接触して来るかわからないんだ。注意はするに越したことはないぞ」

　校内に立ち入ることが規制され、学生服の着用が義務付けられている高校と違い、学生ばかりでなく教職員や業者、関係者など不特定多数が出入りするのが当たり前の大学では、学生と一般人の区別は困難だ。そんな中、弥尋に接触を図り、三木家と関わりを持とうとする輩（やから）が出て来ないとは限らない。

「もしもそうなっても、俺には何の権利も権限もありませんって言います」

「しかし」

「それ以上のことを求められたら、隆嗣さんやお義父（とう）さんに電話するから」

　縁を持ちたいと望んでいるのなら、決して無体な真似はしないだろうというのが弥尋の意見だが、三木は渋面のまま。

「悪意のあるものがいないとは限らない」

　企業イメージの失墜は何より回避しなければならないから表立って仕掛けることはないにしても、ライバル企業だっているのだ。

「それはそうだけど」

　そんなことを言っては外を歩くことすら出来なくなってしまう。それに、衆目を集めているのは弥尋たち以外にも数組、散見された。

「ほら、あっちでもカメラ向けられている一家がいるよ」

「——ん？　ああ、彼は水泳選手だったはずだ。オリンピック候補に名前があったと思う」

「でしょう？　大体、どこかの王族でもないんだから、俺一人どうこうするだけで揺らぐなんて考えないんじゃないかなと思うんだけど」

いやそれは違う。

弥尋に傷一つでも付ければ、相手を社会的に抹殺するだけの用意も覚悟も三木にはあった。当然、祖父や父も同じだろう。つまり、それだけ弥尋の存在は、大切に守り抜かなければならないものとなっているのだ。のほほんと構えている弥尋は、自分がどれだけ三木に愛されているのか本当にわかっているのだろうか……。

そんな不安が顔に出てしまったのか、弥尋は三木の腕にそっと自分の腕を絡ませた。

「隆嗣さんに心配されるようなことは絶対にしません。それに、守ってくれるんでしょう?」

見上げる瞳には絶対の信頼と揺るぎない自信があった。そんな弥尋の顔を見てしまえば、三木は何も言えなくなってしまう。

少し抱き寄せた弥尋の頭の上に、三木は軽く口づけた。

「弥尋君の思うままに」

「ん。ありがとう」

せっかくの入学式に水を差すようなことはしたくない。たとえこれからどんな困難が待ち受けていたとしても、二人で乗り越えて行こうと決意を胸にして。

ほんわりと笑う弥尋に、周囲を牽制(けんせい)するように険しかった三木の頰も緩む。

そんな二人を見て、眉を寄せたのはこの人、三木清蔵だ。

「む、隆嗣が弥尋君を独り占めしておる」

「……あなた」

二人の間に割って入ろうとする夫のスーツの裾をしっかりと摑んだ三木の母は、事あるごとに息子の嫁に構いたがる夫にこめかみをひくつかせた。

「独り占めも何も、弥尋君は隆嗣の配偶者です。それにあなたが行けば余計な虫を寄せることになってしまいます。可愛い弥尋君があなたのせいで好奇の目に晒されてしまってもいいんですか？」

「むぅ」

難しい表情で三木の父親清蔵は黙り込んでしまった。

ちらりと隣を見れば、にこにこと微笑む祖母咲子の隣で同じように父親――三木屋現会長光利が「行きたい、でも行けない」のを我慢している。

いくら孫嫁バカ、嫁バカと言っても、彼らも一流企業のトップであり老舗を背負って立つ人間だ。自分たちがどんな目で見られているのかも知っている。その上で、弥尋に近づけば、先ほどから隙を見ては写真を撮ったり、インタビューを狙っている記者たちが弥尋に目を付けかねないのも、わかってはいるのだ、頭では。

「父さんたちが行ったら、弥尋君まで目を付けられてしまうだろうなあ」

のんびりとのたまう三木の兄雅嗣の台詞がとどめである。

蝶ネクタイ姿のおめかしした息子の優斗を抱いている雅嗣自身は、副社長という肩書はあっても父親や祖父ほど顔も名前もまだ表立ってはいない。それでも自分たちが動けばどうなるかは十分理解している。

「弥尋君に構うのは入学式が終わってからにしたら？　それなら隆嗣だって許可してくれるんじゃないかな」

弥尋と仲良くしながらも、背中からはピリピリしたものを漂わせている三木をこれ以上刺激しない方がいい、と未練たっぷりの父と祖父に釘を刺す。

「雅嗣の言う通りね。今日は弥尋君の入学の晴れ姿を見に来たのだから、観客は大人しく見るだけにしましょう」

祖母の言葉に、祖父と父はがっくりと項垂れながらも、会場で弥尋に構うことは諦めたようだ。入学式にも来なくていいと三木は再三言っていたのだが、押しかけて来た自覚があるだけに、引き下がるのが賢いとわかっているせいもある。

「それにしても」

清蔵は眉をだらしなく下げた。

「弥尋君のスーツ姿の何と似合っていることか」

「流石小松だな。老舗のテーラーだけある。弥尋君に一番合う服をしっかりと拵えておる」

入学祝いに何を送ろうかとあれこれ悩んだ彼らが結局選んだのは、服だった。服といっても、一着二着の話ではない。

「制服の高校時代と違って、学生になると私服だからな。いくらあっても足りないくらいだよ。大丈夫、私に任せなさい。弥尋君に似合う服は全部用意してあげるからね」

などと言いながら、気が早い祖父と義父の二人がメーカーからカタログやら生地の見本やらをたくさん取り寄せ、用意したのには、弥尋ばかりでなく他の全員が呆れ果ててしまったものだ。

シャツやスラックスといった日常着に加え、帽子や手袋、コートにジャケット、果ては靴下や下着類までも、色と材質の違うものが大量に送られて来たのでは、驚きもする。さらには、

「今後はパーティに出る機会も増えるだろうから」

ということで、赤坂の馴染みのテーラー小松にフォーマルスーツまでオーダーしているという。もちろん、シャツからネクタイまで一式だ。

流石に靴までは発注していなかったが、履きやすい革靴を作るようにと三木に言いつけていた。弥尋の可愛い足に靴ずれなどを作らせる気のない三木も、それに関しては文句一つ言わずに弥尋が落ち着いたら数足オーダーを入れる予定でいる。

その義父から、弥尋は高校の卒業式が始まる直前にこっそり渡されたものがある。

「弥尋君、これを貰ってくれんかね」

清蔵がこっそりと渡したのは小型の携帯電話だった。

薄型のスタイリッシュな最新機種の色はシェルピンク。清楚(せいそ)で可憐(かれん)で可愛いイメージを弥尋の上に重ねている清蔵とパステルカラーをお気に入りの優斗が、

「弥尋君には絶対これ！」

「やひろくんみたい。かわいいいいろ」

と選んだものである。

卒業式終了後ではなく、慌ただしい時間帯になぜ？という理由は明白。多数の目がある場所なら三木も強硬に反対できないだろうと踏んでのことだ。策士である。

すでに三木と揃いの携帯電話を持っている弥尋は遠慮したのだが、

「もう契約してしまっているのだから使って貰えなければそれこそ無駄になってしまう。隆嗣と話すのとは別にもう一つ持っていても不便はないぞ。それにな」

これこそが奥の手。三木父はすでに登録を終えたアドレスを弥尋に表示させて見せた。

「優斗も弥尋君からのお手紙やお喋りを楽しみにしているんだ。これは私と優斗からの贈り物だと思って受け取って欲しい。もしも優斗から電話が掛かって来たらお喋りして貰えると、喜ぶと思うんだよ」

自分だけでは押しが弱いと見た清蔵は、弥尋君ファンクラブの同志である孫の優斗の名を全面的に押し出した。もしも携帯を贈ったことが三木に発覚したとしても、幼い甥の希望でもあるのなら、いくら頑固な次男でも無下には出来ないだろうと踏んでの打算による。

「優斗君はメールやアプリも使えるんですか？」

優斗も別に一台携帯電話を持っているが、これは通話用というよりは高性能GPSとしての機能を最重要視してのことで、活用はされていないらしい。

三木に買って貰うまで携帯電話の操作すら出来なかった弥尋には、幼稚園児がお子様向けとはいえ最新のスマートフォンを扱えることにびっくりだ。

「最近の子供は何でも出来るぞ。ひらがなに限るし、

メールも送ることは出来ないが、メッセージや文字を読むことは出来る。もちろん電話でもいいぞ。たまに電話で話したり、手紙を書いてくれると喜ぶ。もちろん、私ともお喋りしてくれると嬉しいぞ」

何しろ、電話をしても三木にすぐさま切られてしまい、現在まで惨敗が続いている。三木が家にいない時間を狙って電話を掛けるのもスリルはあるが、出来れば心おきなく嫁と他愛ないお喋りを楽しみたいもの。

三木父の頭の中は、弥尋と可愛らしい会話をする自分の姿でいっぱいだ。

「わかりました。この携帯、使わせていただきます」

「そうかそうか。じゃ、じゃあ早速、優斗にメールを送ってみてくれんか？　電話でもいい」

この日のために、雅嗣には優斗の携帯電話に弥尋のアドレスと電話番号を登録させている。義父は元々の弥尋の携帯電話の番号を三木に教えて貰えなかったので、これが唯一のホットラインとなる。

真新しい携帯から電話を掛けると、

「みきゆうとです」

スマホと同時に少し離れたところから可愛らしい声が聞こえて来て、弥尋の顔にも笑みが浮かんだ。

「こんにちは。弥尋君です。携帯、ありがとう。よろしくね」

少しだけお喋りをして、また電話するねと切った弥尋は、三木父に笑いかけた。

「優斗君、とっても喜んでくれました」

「そうか、それはよかった。これからもたまに声を聞かせてやってくれ」

「はい」

ちなみに、三木父の表示名は「パパ」、優斗は「ゆうと」である。

一つだけ、ちょっぴり後ろめたかったのは、携帯の存在を三木に教えないでくれと言われたことだ。

「隆嗣には内緒にな」

そう何度も義父から念を押されたためである。

しかし、弥尋と父の間の隠し事は三木には筒抜けだった。いくら父が内緒にしてくれと頼んでも、内通者はいる。

「父さんが弥尋君に携帯渡してるよ」

兄から聞かされた時には取り上げようかと一瞬考えたのだが、

「優斗が楽しみにしてるから、今回は目を瞑ってくれると嬉しいな」

甥の名を出されてしまえば、清蔵の思惑通り大人げない真似も出来ず、今のところ黙認している状態だ。

そもそも、

(弥尋君、内緒にするつもりなら目立つところで充電するんじゃない)

卒業式の日以降、リビングの床から引いた充電器にちょこんと鎮座しているピンク色の携帯に気付かないはずがなく、しかし、気付かれないと思っている弥尋に事実を指摘するのも可哀想で、三木はそのままでいることを選択していた。


新生活はほぼ順調と言ってよかった。

距離の関係で自転車通学には無理があり、電車での通学を選択せざるを得なかったわけだが、朝のラッシュの時間帯は三木の運転する車で送って貰うことに決まり、内心ほっとしていた。

通学・通勤ラッシュを知らないわけではなく、逆に三木と入籍する前は高校まで電車通学だったため、ギュウギュウに詰め込まれるあの苦しさは経験済みだ。だから、進学先が決まった時にも覚悟はしていたのだが、

「大学までは私が送ろう」

何も言わないうちに決定。

「電車でいいのに。隆嗣さんには遠回りになるでしょう？」

「家を出る時間を早くすればいいだけのこと。その分、弥尋君と長く一緒にいられるのだから、問題はない」

そんなことより三木にとって重要なのは、満員電車に弥尋が乗るという事柄の方だ。

（私の弥尋君にどこの誰とも知らないやつが触れるなど許せるわけがない）

つまりは愛する妻の体を誰にも触れさせたくないという三木の我儘に他ならない。

言ってはなんだが、満員電車には痴漢がつきもの。例外はあるものの、むくつけき大男ならば心配には及ばないが、細身の美少年が相手なら、男ばかりでなく女からも触られかねない。そうなった場合には相応の報復措置は取らせて貰うつもりだが、避けられるのならば避けたいのが本音。

「一講目からある時には私と一緒に家を出ること。いいね？」

「はい」

弥尋としても三木と一緒にいる時間は長い方がいい。三木に不都合や無理がないのであれば、喜んでお願いしたいところなので、弥尋も素直に同意する。

システムからして違う講義も、今までの倍の時間を使っての授業も、何度か経験すれば慣れるというもの。一年生なので、割合にびっしりとカリキュラムは詰め込まれているが、初年度に出来る限りの単位を取得しておきたい弥尋にはちょうどいいくらいでもあった。

「せっかく入試が終わったのだから楽にすればいいのに」

そう言われはするのだが、

「頭の中が劣化しないうちに勉強してないと不安だから」

にこやかに言う。

基本的に弥尋に甘い三木は、弥尋の決定に異を唱え

ることはなく、

「無理はしないように」

そう言って抱きしめるだけで、それが何よりも弥尋には嬉しいことでもあった。

文系を選んだものの、最終的な進路についてはまだ決めかねている弥尋に対しても、

「急ぐ必要はない。いざとなったら専業主夫でもいいんだから。むしろ私としてはそちらを第一に希望する」

甘やかせてくれる三木は、本当に自分には優しくて、そしてとっても素敵な夫だと思うのだ。


四月も半ばを過ぎて下旬に入り、ゴールデンウィークの予定が話題になる頃になると、恒例の新入生歓迎の宴会、通称新歓コンパが頻繁に開催されるようになる。学部だったりサークルであったり、学科であったり、単位は様々で、同じ学部の知人の話を聞けば、連日何かしらの宴会に引っ張り出されている学生も多いようで、

(大変なんだなあ)

高校生の時には酒は御法度で、お行儀のいい打ち上げ会くらいのものを経験しているのみの弥尋には、ちょっと遠慮したくなるようなノリでもあった。

だから、最初は欠席をしようとしたのだが、

「最初だけ出ておけば後は何とでも口実を付けて欠席出来る。だから最初だけは出た方がいいらしいぞ」

知り合った先輩から聞いたという遠藤に教えて貰い、とりあえず一次会のみ出席に丸印を付けさせてもらった。

入学式で記者たちに目を付けられたのは三木の家族だけなので、弥尋自身は穏やかな生活を送っていけると思っていたのだが、自身は目立たないと思っていても、第三者や周囲から見たらまた別だ。

「忙しいので入れません」

見目がよい人間は声を掛けられやすいとの常道に則って、顔立ちが整って綺麗な上に、人当たりもよく素直な反応を示す弥尋は、サークルの勧誘を頻繁に受けるのだが、そのたびに断りを入れるのを何度繰り返したことか。

運動系は元より苦手なのでパス、文系にも入る気になれない。そもそもが、一家の主婦だし、サークルに入って仲間内で騒ぐよりも家に帰ってのんびりと過ごす方が性に合っているのだから、天秤がどちらに傾くかは明らかだ。

「家の用事が忙しいので」

そんな断りの文句を口にすれば、同情の目で見られたりもするのだが、弥尋にとっては「大きなお世話」である。

(好きでしていることなんだから、別にどうってことはないのにな)

三木と二人で暮らす家なのだから、料理も洗濯も掃除も全部当たり前のこと。

「ただいま」

と言って帰って来る三木を、

「お帰りなさい」

と出迎える幸せは、他の何にも変え難い。

入りたいものがあれば別なのだろうが、特に興味を引くものがない以上、

「幽霊部員でもいいから」

なんてお誘いにも乗る気になれない。

こんな風に堂々と家の都合を理由に――弥尋にとっては正直に告げているせいなのか、どうやら苦学生だと思われている節もあるようで、

「なにそれ……」

聞いた時には吹き出しそうになってしまった。

「お前があんまり家事家事言うから、どこかのお屋敷で奉公していて、お情けで大学に通わせて貰っていると思われているらしいぞ」

他にも兄弟姉妹が十人いて生活費を稼ぐのに忙しいだとか、お屋敷に帰って御主人様のために食事の用意をしなければならないだとか、どこのマンガやドラマかという感じである。後者に関しては「主人」は主人でも夫のために尽くしているのは本当だから、あながち間違いではないのだが、噂をしている人々の頭の中ではきっとドラマ風の展開が繰り広げられているに違いない。

男同士で夫婦生活を営んでいるのとどちらが現実的でないかと問われれば、どっこいどっこいと言えるのかもしれないけれども。

「そんなに苦労してそうに見える？」

「いや」

遠藤の答えは端的だった。

「だよねえ」

苦労しているどころか、甘やかされている自覚がある。

「みんな家の用事とかしないのかな」

「しないことはないだろうが、サークルを断る口実にはあんまりしないからだろ。一人暮らししている連中も多いみたいだし」

「正直者が馬鹿を見る？」

「暇なんだろ、みんな」

とりあえず仲良くはしているが、まだ確固たる友人関係を構築するまでには至らない曖昧な時期ゆえに、自分以外の人のことが気になるんだろうと遠藤は言う。

「人んちの事情なんか気にしないでいいのにね」

「それが出来ないやつもいるってこと。三木も気を付けろよ」

弥尋はきょとんと首を傾げた。

「何を？」

「興味本位で近づくやつらがいないとも限らないってことだ。――お前、保護者にも言われてるんだろう？」

「ああうん。気を付けなさいって言われてる」

「噂だけならまだいいが、中傷されることだってあるんだ。身辺には気を付けろ」

「……遠藤まで隆嗣さんと同じこと言うんだ」

「用心するに越したことはないからな」

「うん。ありがと」

「どういたしまして」

こういう時、事情を知る友人がいてくれるのは本当に心強い。

「それにしても俺って、どんな風な人に思われてるのかな」

「不思議議系だって思われているみたいだぞ」

「不思議系？　なに、それ」

苦学生らしいのに、身に着けている服はすべてがブランドもので、衣類だけでなくカバンも靴も、よくよく見れば海外ブランドだったりするものだから、目敏い学生には「三木って一体何者なんだ？」と思われているらしい。

「ブランド品って言われても、貰った服だからよくわからないや」

三木の父や祖父から買って貰った服以外にも、アメリカ在住の芽衣子からもたくさんの入学祝いと誕生日祝いを貰った。流石アパレルメーカーだけあって、アメリカ国内だけでなくヨーロッパのブランドにも強く、芽衣子から送られて来たのは日本にはまだ輸入されていない品も多かった。だからこそファッションに明るい学生には奇異に映っているのだろう。

弥尋自身は着心地がいいから嬉しいくらいの感想しかなかったのだが、マニアにしてみれば垂涎ものの品もあるとか。

「身ぐるみ剥がされないように気を付けるよ」

新歓コンパには出席したくないのだが、一回出席するだけで後はいくらでも口実を作って欠席出来るのは魅力でもあり、そうして四月の終わり、ゴールデンウィーク前の金曜の夜に、初めてのコンパを体験することになった弥尋だ。

当然、三木にはコンパへの出席は伝え済みだ。

「行っていいの？」

「一度は経験してみるのも悪いものではないからな。それに一度行けば、きっともう行く気にはならないと思う」

「ええ？　そんなに楽しくないものなの？」

「少なくとも義理で出席して楽しい場所ではなかったな、私には。酒を飲んで騒ぐのが好きな連中にはこの上なく魅力的な宴会らしいが、苦手な人間も多い」

「じゃあ、一次会で帰っても平気かな」

「全員が全員、最後まで残るわけじゃないから平気だろう。弥尋君は二次会には行かないんだろう？」

「うん。遠藤も一緒に抜けるって言ってるし」

「それなら安心だ」

そこで三木は、真剣な顔をして弥尋に言った。

「酒を勧められても絶対に口にするんじゃないぞ」

酒を口にした弥尋が放つ色香を知っている三木には、笑いごとでも冗談でも済まされない最重要懸案事項だ。

（あんな弥尋君を知っていいのは私だけだ）

「遠藤君には私からも言っておくから、彼の傍から離れるんじゃないぞ」

卒業式の日に三木は今後のことを考えて、遠藤と連絡先を交換していた。高校の時には学校から保護者たる三木にすぐに連絡が出来たが、大学生にもなるといつどこで何があるかわからない。保健センターはあるが、これまでのように生徒一人一人の健康や体調に気を配る「保健室の先生」という存在がいない以上、すぐに連絡を付けられる相手を作っておくのは必要だ。

「もしも先輩に勧められたら？」

「アルコールを受け付けない体質だから駄目だと言えばいい」

「証拠がないって言われるかも」

「それなら医者に電話して聞けと言いなさい。私から先生には伝えておくから」

　三木の主治医でもあり、弥尋も知っているおじいちゃん先生松本(まつもと)老医師の名を出され、弥尋は「うん」と頷いた。

「弥尋君がアルコールに弱いのは事実なんだから、本当に無理しないようにするんだぞ」

「はい」

「私が迎えに行くまで、絶対に遠藤君から離れないように」

「了解です」

　不特定多数が集まって騒ぐ席では、羽目を外す学生もまた多いことを経験上知っている三木は、本音を言えばコンパになど行かせたくない気持ちの方が強い。

　法規制が厳しい現在、二十歳未満の学生が無理やり酒を飲ませられることはないだろうが、絶対にないとは言い切れないのが不安の種でもあり、一次会が終わる前には迎えに行く気でいる三木の中では、今日の仕事は定刻よりも早く上がることが決定されていた。

「弥尋君は可愛いから心配だ」

「大丈夫だよ」

「いいか？　絶対に誘われてもついて行くんじゃないぞ。トイレも遠藤君に付き添って貰いなさい」

「それはちょっと過保護なんじゃない？」

「そうとも言えない。居酒屋のトイレには酔っ払いがつきものだ。何かあってからじゃ遅い」

「隆嗣さんがそう言うなら言う通りにするけど」

　高校生はまだ可愛げもあり、遠慮というものがあっただろうが、二十歳を超えた学生も多数いる大学では、大人顔負けのことをしでかす連中も多い。初々しい新入生というだけでも可愛がられる要素はあるというのに、見た目も中身も可愛い弥尋ならば、獲物を狙うハンターたちの目には仔ウサギのように映ってしまうだろう。

（私の可愛い弥尋君を狙うのは許せるものじゃない）

　不埒な真似をしようものなら、大人げないと言われても報復する用意はある。

　過保護と言われようが何だろうが、三木が大事なのは最愛の妻。

（守るのは当然だな）

　コンパに何を着て行こうかと考える弥尋の後ろ姿を見ながら、絶対に早く迎えに行くと自分に誓う三木だった。

　そうして初めてのコンパの席は、

「もう疲れた……」

　弥尋の予想を遥かに上回る喧騒ぶりで、椅子に座ってぼそぼそとジュース片手に料理をつまんでいた弥尋は、開始三十分ですでにもう帰りたくなってしまっていた。

　いやもう凄いのだ。宴会奉行とか宴会マスターなる人物の手腕の為せる業なのか、それともそんなノリの学生が多いからなのか、最初の乾杯から飛ばしまくっていた周囲について行くことも出来ずに簡単に脱落してしまった。

　新入生ばかりで固まってテーブルに座っている中に、ジョッキを片手に上級生たちが座り込み、話しかけて回る。

流石に、二十歳未満の飲酒はNGという意識を持ち合わせているのか先輩方も酒を勧めることはなく、新入生の方も名門大学に入学早々飲酒問題で警察のお世話になりたくないのか、新入生が無理やりに飲まされるような悪質なノリがなかったのはよかった。

弥尋の隣をしっかり陣取った友人の遠藤は、弥尋と一緒に皿の上の料理を片付けるのに忙しい。

「せっかく会費を払っているんだから飲むより食って元を取った方がいい」

正論である。ちなみに遠藤曰くの「飲む」はジュースを含む飲料のことである。どうせなら飲み物より食べ物で腹を膨らませたいという食べ盛りの若者らしい意見だ。

「余りそうなら包んで貰おうか？　頼んだら包んでくれるかなあ？」

タッパーを持ってくればよかったかもねと言う弥尋ともども、最近のバーゲン情報や野菜の価格高騰など、カッコいい系と綺麗系が二人揃ってどんな話をしているのだろうかとドキドキしている周囲が知れば残念がるに違いない生活観溢れる話題で盛り上がる。

確かに、背も高く精悍な正統派男前代表の遠藤と、正統派美少年代表の弥尋が並んで座っていれば、見栄えもよく嫌でも目に付くもので、先ほどから盛んに秋波が送られてきたり、隣に座ろうとしたり、何かと馴れ馴れしく話しかけて来る上級生は多かったが、その都度遠藤が差し障りのない言葉を交わし、追い払っていた。

それでも遠藤や弥尋の容姿に引かれるものを見出す先輩方は、完全に放置状態にはさせてくれない。

「この野菜炒め、美味しいのよ」

「唐揚げ、まだ向こうのお皿にあったから取ってこようか？」

追い払っても追い払っても入れ替わり立ち替わり傍にやって来る先輩は、圧倒的に女性が多かった。

新入生と違い、それなりに社交術を身につけた賢い三年生や四年生は、他の後輩の男子学生たちの声を無視して、弥尋たちの席に近い場所に陣取るのだから、女子学生からは羨望、男子学生からは嫉妬交じりの視線を送られて、遠藤ともども居心地の悪さは否めない。

　だからと言って、邪険にすることも出来ず、当たり障りのない話をしながら波が去るのを待つ、という具合。

「お肌すべすべねえ。お手入れ何をしてるの？」

「特には何も」

　たまに思い出したように、三木の弟の妻である沢井(さわい)明美(あけみ)が経営する有名ヘアサロン「サロンアフター」へ呼び出され、エステを施されるようにはなったものの、特にこれと言って手入れをしていない弥尋が正直に答えれば、女性陣が羨ましそうに唇を尖(とが)らせる。

「えっ、嘘(うそ)！　秘訣はないの？　秘訣は」

「ええと、特には何も。睡眠ちゃんと取って、適度な運動して、煙草(たばこ)もお酒もしなかったらいいっては聞きますよ」

「十代って若いって実感したわあ」

「ホントホント」

　幸いなことに、弥尋たちに話しかけてくるのは、そこまで苦手とする人種ではなかったため、警戒することなく話をすることが出来た。

　これで厚化粧ばっちりの「けばい」女の人が傍に来たならば、すぐにでも店を飛び出して逃げたくなったに違いない。

　まだ学生の範疇(はんちゅう)にある彼女たちは、ましな方と言える。そして必ずされるこの質問のあしらいにも慣れてしまった。

「二人とも付き合ってる人はいるの？」

　弥尋はこくりと頷いた。多くを語らず、事実だけを無言で認める。

「やっぱり。その指輪、そうじゃないかと思ってたんだ」

「綺麗な子やカッコいい子はみんな売約済みだもんね」

そんなお姉さま方もそれぞれ彼氏がいるらしく、しばらくは彼氏の話など恋バナで盛り上がったのは、思わぬ楽しさだった。

遠藤はそう喋る方ではないが、別に話の巧(うま)さを求めているわけではない彼女たちは、たまに相槌(あいづち)を打つ程度の遠藤にも物足りなさを覚えることなく、素直でどこか育ちのよいお坊ちゃまを思わせる弥尋との会話を気に入ったようで、

「今、私たちとお喋りしてるんだからあっちに行ってよねえ」

「空気読めない男は駄目って知ってる？」

などと、ともすれば弥尋の隣を狙う肉食系先輩方からの防御に回ってくれた。

「先輩たちって凄いんですねえ」

男たちからの誘いを軽くあしらう彼女たちを尊敬の眼差(まなざ)しで見上げる弥尋に、

「……っ！　ちょっ、なんて可愛い生き物なのこの子っ！」

「持って帰りたいわあ」

「ご飯と寝床あげるから、お姉さんちに来ない？」

などと言い出す始末。

「ねえねえ、遠藤君とやら、どうしよう、この子すごく可愛いんだけど。こりゃあ目を付けられたら大変だわ」

目を付けられる程度なら今までにもあったことなので構わないのだが、実力行使に出られるのはいただけない。

「手を出したら痛い目に遭いますよ」

遠藤の低く抑えた台詞に、先輩はきゅっと眉を寄せた。

「それってやっぱり実家が凄いの？　ブランド品で固めてるからどこかの御曹司だって噂があるんだけど」

「家じゃなくて三木の相手が凄い過保護なんですよ」

「あの指輪の主？」

視線の先、ジュースのグラスを握る弥尋の指には輝くプラチナの光。シンプルだからこそわかる、お洒落目的ではない理由で嵌められたその指輪の訳を。

「遠藤君と三木君が付き合ってる……ってわけじゃないみたいね」

「そんなこと言われているのが知られたら俺は抹殺されてしまいますね」

「なるほど」

言いながらその先輩——経済学部四年の酒巻法子(さかまきのりこ)は「はあ」と嘆息した。

「まあうちの学部はそこまでちゃらちゃらした女はいないから大丈夫だと思うけど、あれは男にも女にも気を付けた方がいいかも。高校は共学だったの？」

「男子校です」

「なら慣れてないのを前提に忠告しておくけど、女は怖いわよ。形振り(なりふ)構わずアタックする子もいるからさ。あの子、大丈夫そう？」

「ぼんやりしてるけど、頭はいいし機転は利くからそれなりには」

「そうならいいけど。こんな席は初めてみたいだし、慣れるまでは目を離さない方がいいかもね」

「ですね」

そんな会話が為されていたとは知らない弥尋は、お姉さま方に勧められるまま、あれやこれやを食べさせられ、いつの間にか満腹になってしまっていた。ふぅと腹をさすって苦しそうな弥尋を見て、遠藤が笑った。

「餌付けされてたな」

「先輩って怖いと思ってたけど、そんなに怖くなかった。あの人たちだけかもしれないけど」

「三木は年上受けするからな」

「それは否定出来ないかも」

芽衣子や沢井、マンションで会う謎の青年など、会う人会う人に可愛がられている自覚はある。

「悪い男も女もいるから気を付けろよ」

「はあい」

十分に満腹になり、先輩たちとのお喋りも一段落して、もうそろそろ時間かなと思った頃に弥尋の携帯が振動して着信を知らせた。待ってましたと出れば、思った通りの待ち人だ。

「――うん、もう帰れるよ。すぐ近く？　じゃあ遠藤も一緒でいい？――わかった」

通話を終えた弥尋は身支度をしながら遠藤に言った。

「一緒に帰ろう。隆嗣さんが車で送ってくれるって」

「いいのか？」

「うん。遠藤君も一緒にって言ったのは隆嗣さんだから」

開始から一時間。そこまでカオスな状態ではないが、皆がめいめい好き勝手に喋ったりしている間を抜けて、幹事に帰る旨を伝えた二人はそっと店の出口に向かった。人数も多いことだし、二人が抜けても誰も気にしないだろうと思ってのことだったが、流石と言うべきか、

「ああーっ、帰ってるー！」

大きな声ではないが、高い女子学生の声に、弥尋はぎくりと肩を震わせた。そうして恐る恐る振り返れば、赤い顔をした何人かが弥尋たちの方を指差して、「二人脱け出してる」と話している。

チッと聞こえた舌打ちは、たぶん遠藤のもので、弥尋の腕を掴んで出口へとすたすたと歩き出す。

「捕まりたくないなら歩け」

「う、うん」

離れていたために、すぐには追いかけて来ないだろうが、引き留められると厄介だ。出る間際に見れば、一緒にテーブルを囲んでいた酒巻たちが宥めにかかっているから大丈夫だろうとは思うが、鈍い弥尋にしては上出来の早足で店の中を駆け抜け、「ありがとうご

ざいました」の店員の声をバックに外に出て、ほっと息を吐き出した。

　同時に、

「弥尋君」

　声が掛けられ、はっと顔を上げると私服に着替えた三木の姿。

「隆嗣さん」

　緊張はしていなかったものの、慣れない席での飲み食いは、弥尋の精神を疲弊させるのに十分で、三木の姿を認めた途端、へにゃりと笑ってしまったのは安心感ゆえのこと。

　大股で歩み寄った三木は、遠藤から弥尋を譲り受けると、背中を押すようにして歩き出した。

「隆嗣さん、歩いて来たの？」

「向こうのパーキングに車を停めている。遠藤君も一緒に」

　このまま店の前にいれば、出て来た連中に捕まりかねない。それがわかっている遠藤と三木は、今一つ緊張感に欠ける弥尋を少し急かしながら、通りのすぐ先の駐車場に停められた車に乗り込んだ。

　乗り込んですぐ、店から出て来た集団が視界に入り、

「危機一髪だったな」

「本当だ」

　シートに埋もれるようにして隠れた二人は、互いの顔を見合わせてそっと笑った。


　遠藤を彼のマンションの前で下ろした後、真っ直ぐに家に帰った頃には弥尋はもうすっかり疲れ果てて眠くなってしまっていた。

「弥尋君、寝るなら風呂に入ってからにしなさい」

「うん。……なんか、すごく匂う」

　クンクンと服の袖に鼻先を当てれば、酒と食べ物と煙草の交じった居酒屋独特の臭気が染みついている。

「この匂い、やだなあ……」

唇を尖らせた弥尋の頭に三木の手が乗せられた。

「髪にも匂いがついてるな」

「落ちる？」

「洗えば落ちるさ。私が洗ってやろうか？」

「……お願いしていい？」

「奥様のお望みのままに」

一度帰宅して迎えに来た三木もカジュアルなシャツとスラックスに着替えていたが、弥尋を抱えて脱衣所に向かった三木は、手際良くあっと言う間に自分と弥尋の服を取り去ってしまった。

「お風呂沸いてるんだね」

「帰って来てすぐに入れるようにしておいた」

「さすが隆嗣さん」

ふふと笑う弥尋の頭に、サァーッとシャワーが降り注ぐ。

「コンパは楽しめたか？」

「うーん、どうだろ。俺は言うほど楽しいとは思わなかったけど、賑やかなのが好きな人は好きそうかな。みんなわいわいお喋りしたりはしてたみたいだけど、俺みたいに最初だからって義理で出席した人たちも多くて、好き勝手に食べたり飲んだりしてたみたい。俺は遠藤と一緒に食べる専門。あ、でも普通にいい先輩たちもいて、ちょっとお喋り出来たんですよ。それよりも」

シャンプーが頭の上で泡だてられ、背後から三木の指にわしゃわしゃと撫で回されながら、弥尋は足を伸ばした。

「煙草の匂いが凄くって。あれってどうにかならないのかなあ」

「喫煙可の店だったのか？」

「うん」

幹事の通達で新歓コンパは喫煙厳禁だったのだが、同じ店で飲食していた他の学生や一般客の中には喫煙者も少なくはなく、隔離された部屋にもある程度の影響はあった。

「でもやっぱり食べる席ではやめて欲しいよね。美味しいものも美味しくなくなっちゃうし、女の子たちも嫌そうな顔してた」

「マナーと自覚の問題だろう。大学生になって羽目を外したがる年頃には多いみたいだぞ。煙草を吸うことで自己顕示欲を満たしたり、大人だと認められたいと思っての喫煙もあるそうだ」

「別に煙草を吸えるからって大人とは思わないけど。迷惑にならないようにして欲しいな」

「そういうところで格を下げていることに気付いていないんだろう」

「お酒は無理やり飲ませられなかったら別に構わないけど、煙は害になるから大変だ。もう絶対に行かないようにしようっと」

温かい湯が頭から泡を流し、ゆっくりとスポンジを持った三木の手が弥尋の肌の上を滑る。

「私としても是非そうしてもらいたいものだ」

泡を纏ったスポンジがするりと胸の尖りを掠め、

「ん」

小さな声が弥尋の口から零れた。それをわかっているはずの三木は、弥尋に見えないのをいいことに、僅かに口角を上げるると、背後からぴったりと張り付いたまま、柔らかな腹部へと手を滑らせていく。

「なんか……手がやらしい動きをしているんですけど」

「気のせいだろう」

「気のせいじゃ……んっ……」

スポンジを持っていない方の手に、さらりと脇腹を撫でられて弥尋は三木に抗議しようと顔を後ろへ向けかけたが、

「や、だから」

鼻先が首筋にぴったりと埋められていて、振り仰ぐことも出来やしない。

　そうこうしている間にも、スポンジは下腹部へ下りて行き、敏感な先端を後回しにした大きな掌が根元の袋の部分をやんわりと揉みしだく。それでいて、スポンジは普通に体を洗うように動かされるのだから、かゆいところに手が届かないもどかしさは募るばかり。

「隆嗣さんが洗ってくれないなら自分でする」

「それは酷いな。私の楽しみを奪わないでくれ」

「じゃあちゃんと洗って」

　ぷうと頬を膨らませた弥尋の様子に、これ以上焦らしては触れる楽しみを奪われてしまうとでも思ったのか、意外にすんなりと悪戯をしていた手を戻し、洗うことに専念してくれた。

　背中と前を洗った三木は、

「こっち向いて」

　弥尋を風呂のタイルの上に直に座らせると、片足を手に取った。

「恥ずかしいんだけど……」

　爪先から丁寧に洗ってくれるのはありがたいのだが、尻をつけたまま足を上げている様は、ちょっとどころではなく恥ずかしい。まだ落とされていない泡が股間を微妙に覆っているせいで、ちらりと覗く性器の先端がまさにエロティック。

　互いの体で知らぬところはないまでに知り尽くしているから、恥ずかしがる必要はないと思うのだが、それでもこれは一体何の羞恥プレイだろうかと思ってしまう。

　無論、これは単なる三木の楽しみであり、体を洗うことを建前にした目の保養である。いつまで経っても初々しい弥尋の恥ずかしぶりは、微笑ましくもあり、そして三木の目にはとてつもなく甘い果実のように映っている。

　爪先から指の間までを丹念に洗い、そうして太股の付け根まで滑って行った手は、そのまま弥尋のものを手に取った。

泡を付けた掌全体で包むようにして、ゆるりゆるりと動かす。

「はっ……」

三木の手が自分のものを扱くようにしているのを見下ろす弥尋はもう涙目だ。もちろん、嫌だからではない。羞恥と、それ以上に感じてしまうからである。

「隆嗣さん、なんか今日意地悪だ」

「意地悪なんかしていないだろう？」

「だって……」

そんなにゆっくりされたら、どう反応してよいのかわからなくなってしまう。三木の手の中にあるものは、すでに頭をもたげ、先端からは愛液が滲み出ている。

ちらりと三木に目をやれば、黒々とした茂みの中にある彼のものも、半分以上勃ち上がり、欲望を顕わにしていた。

「俺もする」

背中を起こして三木の分身に手を伸ばせば、邪魔されることなく握ることが出来た。

「ついでに洗ってくれないか？」

「うん」

洗うのが目的なのか、それとも愛したいからなのか。弥尋は石鹸を手に取ると掌で泡だてて、三木のものを握った。

上下にゆっくりと動かしながら、根元から先端までを何度も往復するように撫で上げて行く。袋の下にも手を入れて、丹念にゆっくりと触れて行けば、すぐに熱くそそり立つ太く逞しい三木。

白い泡の間から聳える夫の赤黒い怒張は、弥尋の腰を蕩けさせるのには十分だった。

「隆嗣さん」

潤んだ瞳で見上げると、弥尋の乳首や下肢を緩やかに撫でる手を休めることなく、三木が問い掛けるように見下ろす。

「どうした？」

「あのね、俺、隆嗣さんのが欲しい」

温かい風呂場だからというだけではない理由で上気した弥尋の頬。肌全体が薄らと赤く染まっていて、目元は潤んで欲情した目で三木を見上げている。

そんな弥尋を目の前にして、三木が言ったことといえば、

「じゃあ自分から誘ってごらん」

「……」

これが巷で言うところの言葉責めだろうかと頭の片隅で思いながら、三木は弥尋の反応を待った。本音を言えばすぐにでも床に押し倒して挿入したいのだが、ぐっと我慢して、可愛い弥尋のおねだりに期待する。

常日頃から弥尋には甘すぎるほど甘い三木だが、男として愛するものに乞われて体を繋げたい欲求は持ち合わせているのだ。

「自分から？」

「そう。出来るか？」

恥ずかしすぎて泣きそうになりながらも、弥尋はコクリと頷いた。

「……する」

そうしてやったことと言えば、三木のものを手で握りながら膝の上に跨って、そっと腰を下ろすというものだった。

「弥尋君？」

そうして、うんしょと先端を穴に宛がって入れようとするのだが、まだ解してもいない状態ですんなり入るわけがない。

「入らない……」

いつも弥尋が蕩けてしまうくらいにまで解して挿入するのを知っているはずなのに、「入らない」と呟く弥尋の声があまりにも切なく聞こえ、

「弥尋」

弥尋のおねだりプレイを楽しんでいた三木は、猛烈に自分を反省した。可愛い弥尋のそんな声を聞きたか

ったわけではない。ただ、欲しがる姿を見てみたかっただけ。それなのに、

「私が悪かった。弥尋に意地悪をしてしまった」

「隆嗣さん、やっぱり意地悪してたの？」

「そうじゃない。そうじゃないんだ」

弥尋を抱きしめた三木は、頬に額に唇にキスを降らせた。

「弥尋があんまり可愛くて、でも私以外の人たちと時間を過ごしたことが少し悔しくて、私だけの弥尋だと実感したかっただけなんだ」

「そんなこと……俺は隆嗣さんだけのものなのに」

すりと寄せられた頬の滑らかさ。

「隆嗣さんとだけだよ、こんなことしたいのは」

そう言って、三木の先端を擦るように腰を動かす。

どこの小悪魔か、そんな仕草をどこで覚えたのかという弥尋が自然に行った求愛行動は、三木の欲望をこれ以上ないほど煽(あお)ってくれるものだった。

「お前は……」

そこからはもう、三木の独壇場だった。

腕の中に囲われて押し倒された弥尋は、三木の手や唇、舌によってこれ以上ないほど蕩けさせられ、

「あ……っ……あっ」

指と舌を使って丹念に解されたそこに漲(みなぎ)る三木のものを受け入れた。

水音を立てながら突き上げる砲身が後孔を出入りするたびに、弥尋の口から悲鳴交じりの嬌声(きょうせい)が漏れる。

「たかつぐさんっ……たかつぐさんっ、もっとゆっくり……」

「悪いが……無理だ」

三木の背中に腕を回し、何度でも貫かれ突き上げられ、小さく悲鳴を上げながら弥尋は精を放った。

「弥尋ッ」

体の内部に熱く迸(ほとばし)る三木の精を受け、ほうっと息を吐き出した弥尋はとろりとした目で三木を見上げた。

「隆嗣さん、大好き」

「私も」

　風呂場の床に繋がったまましばらく転がっていた二人は、少しして身を離し、弥尋の中を綺麗にし終えてから、今度は大人しく湯船に浸かった。男二人が横に並んでも余裕のある大きな浴槽だが、二人で一緒に入る時の弥尋の指定席は三木の膝の上である。

「まだ頭がぽーっとしてる……」

「すまない。我を忘れてしまった……」

　神妙に頭を下げた三木の濡れた髪の毛が首筋に当たってくすぐったく、弥尋はくすりと微笑んだ。

「もう隆嗣さんってば、どこでスイッチが入るのか全然わかんないんだから」

「弥尋君が可愛いのが悪い」

「じゃあ可愛くなくなればいい？」

「それは困る。いや、どんなでも弥尋君は可愛いから可愛くなくなることなんてないぞ」

「ホントに隆嗣さんは夫バカだよね」

　でもそんなところが愛しくて、大好きだ。

「俺も隆嗣さんは世界で一番かっこいいと思ってるよ」

「それは光栄だ」

「嘘じゃないからね。本当だよ」

　だって世界で一番大好きな旦那様なのだから。

「明日は、のんびり過ごそうか」

「うん。そうしたい気分」

　本当に、このまま眠ってしまいたくなるくらい心も体も蕩けきっている。

「大学での授業は大丈夫そうか？」

「今のところ特にわからないってところはないから大丈夫。ただ、先生たちの話をずっと聞かされてるのは眠くなっちゃうけど、ノートに書くことが多すぎるから、今のところ居眠りしないで済んでる」

　眠くなるような講義をする教授には幸い当たることはなかったが、広い講義室の中では出席はしたものの

睡眠時間にあてている学生の姿もちらほら見え、試験の心配をすると同時に、

「大学だなあ」

と思うことも多かった。

よく言えば自由。その自由をどう活かすか活かせるかが、己の資質の研磨と将来に繋がるんだろうなと思う。

「遠藤君の他に友達は出来たか？」

「話をする人は何人かいるけど、高校の時みたいにみんなでつるんで何かをするってことはないかなあ。サークルに入ってる人たちは同じサークルの人たちと一緒にいることが多いみたいだけど、無所属の人も多いから」

「仲良くなれそうな人がいればいいいな」

「うん」

「だがほどほどにな」

「矛盾してるよ隆嗣さん」

気持ちはわかるけど。

そう言って弥尋は笑った。


新歓コンパのあった翌週にはまた大学生活が始まったが、それ以前に比べて同じ教室の中にいる学生たちの間に雑談や笑いが多く交じるようになったのは、宴会のおかげなのだろう。

酒の席で親しくなり意気投合した後で始まる友人関係も、本人たちがよいのなら気にする必要はない。自分に災厄が降りかかりさえしなければ、正直どうでもいいのである。高校時代までのように一致団結したまとまりが必要なわけでなし、無理やりは論外として、そうでないのなら己の責任で付き合う付き合わないは決めればいいと思う。

一方で、

「よお三木、相席していいか？」

いいかと尋ねながら、許可する前にトレイを置いて目の前に座るこの男のように、急に親しく声を掛けてくるようになった人物は、弥尋には迷惑の部類に入る。

「いいって言う前に座ってるじゃないですか」

「まあまあ堅いことは言わずに」

この男、名前を芝崎巳継(しばさきみつぐ)と言い、弥尋と遠藤の高校の後輩でもある芝崎一成(かずなり)の従兄弟(いとこ)だった。同じ学部にいるとは聞いていなかったが、先日の宴会でちらりと挨拶に来た以外は話すこともなかったので、忘れかけていたのだが、こうして再び接触を図って来るとは思いもしなかったというのが、正直なところだ。

弥尋たちの知っている後輩の芝崎は、凛々(りり)しくてもまだまだ少年の面影が強いが、四年になる巳継は明らかに大人の男の雰囲気を纏っており、ファンも多いと聞いている。遠藤には及ばないまでも、高い身長に後輩と同じく武道で鍛えた体の上に乗る顔は、少し濃いめのワイルド系の男前と言ってよく、人気があるのも何となくわかる。

コンパの席でも弥尋たちに挨拶をした後は、周囲を仲間や女の子たちに囲まれて愉しそうにしていたのを覚えている。しかし、弥尋との接点はないに等しい。性質的な違い。居住空間の違い。趣味の違い。

おそらく巳継と自分とはテリトリーが違うのだと思うのだ。弥尋が草食動物ならば、巳継は獰猛(どうもう)な肉食動物というように。

学年が違うため学ぶキャンパスが異なることもあり、その後の接触はないだろうと考えていた。事実、学食で今日、巳継に声を掛けられるまで、存在そのものが記憶の中から抜け落ちてしまっていたくらいだ。

「今日はお一人なんですか？」

「ああ。ゼミも午後からだからどうせならこっちの学食で飯を食おうと思って」

巳継の目の前にはチャーハンとミニうどんがセット

になった定食が置かれている。

「お前たちは今からなのか？」

「はい」

「もう慣れたか？」

「少しは。まだ十分って言えるほどではないと思いますけど、生活のリズムには慣れました」

「前期の試験が終わるまでは慣れるので手いっぱいだろうけど、ほどほどに気を抜くようにしろよ。なんなら俺が遊びに連れて行ってやってもいいぜ？」

ちらりと見上げる巳継には、女性陣曰く「ちょっとした色気」があって、気のある学生ならば即座に「うん」と頷いただろうが、生憎弥尋に色仕掛けは通用しない。

「遠慮します。先輩と出かける暇はありませんから」

「冷たいなあ。俺から誘うなんて滅多にないんだぜ？」

「お誘いは多いんでしょう？　だったら先輩と遊びたがってる人と遊べばいいじゃないですか」

「つまり三木は俺と遊ぶ気はないと」

頷いた弥尋に、巳継は大袈裟に天井を仰いで見せた。

「この芝崎巳継が振られるなんざ、天地がさかさまになってもあり得ない」

「大袈裟ですよ」

「事実だからしょうがない」

「じゃあよかったですね」

弥尋はにっこり微笑んだ。

「一回でも慣れておくと、後で受けるショックは少なくなります」

「……遠藤」

巳継は遠藤の傍へわざとらしく身を寄せた。

「三木ってこんな性格だったのか？　従弟から聞いた話じゃ、素直で優しくて天使のような先輩だって聞いてたんだが」

一体いつの間に情報を仕入れたのだろうかと思うと同時に、巳継の行動力に驚かされる。

「はっきりしたところはありますよ。流されると思ってたのだとしたら先輩の見込み違いです」

「……お前もずばずば言うなあ」

「まあ、遠慮する道理はないですからね」

「俺は先輩なんだが」

「言っておきますが」

遠藤は真っ直ぐに巳継を見据え言った。

「後輩の芝崎は三木とは親しかった。だけどあんたは違う。芝崎が懐いているから、あんたも三木と親しく出来ると考えているとしたら大間違いだと言っておく」

口調を変えた遠藤の言葉には、忠告と牽制が多分に含まれていた。

それに気付かない巳継ではなく、自分の昼食を食べるのに集中している弥尋の頭に視線をやると、小さな動作で肩を竦(すく)めた。

「三木にはナイトが付いてるってことか」

そう言えば、遠藤はふっと鼻で笑った。

「ナイト？　俺はただの従卒ですよ」

ナイト——姫を守る騎士は他にいるのだから。


芝崎巳継との接触は、弥尋の生活に大きな変化を齎(もたら)すものではなかったから、たまに話しかけられた時に軽く挨拶を交わす程度の顔見知りと言ってよい付き合いにしかならなかった。後輩の芝崎とは、一緒にスイーツを食べに行く親しい間柄でも、従兄弟の側と仲良くする義理など弥尋にはなく、ついでに言えば、コンパの席で知り合った酒巻法子曰く、

「芝崎は面白半分にちょっかい掛けることがあるから、三木君も気を付けた方がいいよ」

なる忠告を頂いた以上、好き好んで接する気になれないのも事実ではあった。

そもそもが、一年生と四年生。すでに就職を決めている学生もいれば、まだまだ内定を貰えずにリクルー

トスーツに身を包んで就職活動に勤しむ学生もいる中、なぜか同じキャンパス内でたまに見かける巳継の周りには、常に女子学生の姿があり、それだけでも声を掛ける気にはならない弥尋なので、巳継から声を掛けられない限り、決して自分から話しかけようとはしなかった。

　たまに巳継に憧れる同じ学部の女子学生から紹介してと頼まれることはあるが、恋愛に関しては「自分で摑み取るもの」と思っている弥尋は丁重にお断りをし、その結果、三木君は優しくないと言われたりしているとか。

「おかしいよねえ。断ったくらいで優しくないって評価されるなんて」

「自分中心に考えるからそんな風に思うのよ。紹介してあげたらしてあげたで、今度は仲を取り持ってとか何とか言われる羽目になるんだから、それを考えたら最初の一手で断ったのは上出来だわ」

「先輩も頼まれたりした方なんですか？」

「最初の頃はね。まだ芝崎が真面目な学生に思えていた頃には」

「今は違う？」

「女の子侍らせてる男を見て、きゃいきゃい言うには年を取りすぎたわ」

　二十一かそこらですでに悟りを開いているような酒巻とは、こちらもたまに顔を合わせる程度ではあるが、同じテーブルについて短い時間の雑談を楽しむくらいには親しくなっていた。

　それもこれも、気さくでさっぱりした酒巻の性格が、女と言うよりは兄や姉のようで、芽衣子はじめ年上の女性に可愛がられる傾向のある弥尋は、酒巻にもやはり同じように可愛がられることに、特に抵抗感を持つわけでもなく、彼女も彼女で弟というよりは愛玩動物的な感覚で弥尋に接していたからでもある。

「でも本当に、芝崎には気を付けなさい。いくら知り合いだからって言っても、気を許して誘われてもついて行ったら駄目よ。なんかどこかのお嬢様と付き合ってるっていう話も聞くし」

「えっ⁉　芝崎さんに彼女がいたんですか？」

「噂だけど。でも、芝崎の彼女ならちょっと気の毒かも」

何しろ、一人でいることがあまりない男なのだ。周りには女や男が常にいて、取り巻きのようなものを作っている。あれが自分の恋人なら、不誠実な態度を責めるところだ。

「そのうち飽きると思うんですけど。今は、俺の高校の後輩——芝崎先輩の従兄弟から話を聞いて珍しがっているだけだと思うから。俺なんか相手にしてもつまんないだろうし」

「そうならいいんだけど」

弥尋本人は自分のことをつまらないと言うが、見ているだけでもいいという学生は大勢いるのだ。

酒巻が所属しているゼミの教授や後輩たちや、顔も見たことのない人たちを含め、何かと弥尋を気に掛けているらしく、酒巻が親しくしているのを羨ましがられたこともある。

だからと言って、押しかけ友人になろうとしないところが、親しく付き合いをしている所以(ゆえん)でもあるのだが、皆が皆、同じように考えているとは限らない。

女子学生は告白をしようとするだろうし、まだまだオープンではないものの、男同士の話だって聞いている。遠藤が一緒にいる時はよいが、一人でいる時に強引な真似に出られてはたまったものではないだろうと思っている。

「三木君も交際をお願いされたことがあるんじゃないの？」

「ありますけど、直接的な申し込みはあんまり」

だが、婉曲(えんきょく)的に好意を見せる同級生にはさすがに気付く。食事に誘われたり、帰りを一緒にと言われたり、サークルに勧誘されたり、講義の時に近くに座られたり。露骨ではないが、そういうムードは自然に嗅ぎ取るもの。

　入学してまだひと月も経っていないのに、どうしてみんなが揃って自分に目を付けるのか、いまいちよくわからない弥尋は、

「早い者勝ちだでも思われてるんでしょうか」

　そんな感想を抱くくらい、本当に理解不能だ。

「あながち間違いでもないような気がするけどね。他の子に取られるのを指を咥えて見ていたくないからじゃないの？」

「取られるも何も」

　弥尋は三木隆嗣のものなのに。

　大抵の場合は遠藤が一緒にいるために回避されるのだが、最近ではいちいち断るのも面倒なので、最初から告白に持ち込めない武器を全面的に出して抵抗している。

　最大の武器、それは右手の指に嵌められた指輪の存在だ。

　話をする時にわざと見えるように手を上げたり、手で扱う仕草を見せていれば、弥尋には決まった人がいるとわかってくる。それでも玉砕覚悟で告白をする人には、誠実にお断りをしているが、指輪の存在を主張するようになってから、秋波を送られる頻度が減ったのには指輪様様である。

「軽い気持ちで告白して来るそこらの小娘はいいけど、年が上になると小狡い真似をする年増女もいるから、気を付けなさい。何か問題が起こったら私に連絡くれてもいいし、法律に強い教授もいるから相談持ち込んでもいいしね」

　本当に事が起こってしまえば、三木の家の顧問弁護士で、弥尋もよくしてもらっている上田太郎にも話がすぐに行くだろう。大きな法律事務所だから、もしかしたら大学ＯＢもいるかもしれない。

新しい生活には慣れても、新しい人間関係に慣れるまでにはまだ少し時間がかかりそうだ。

幾つかの気になる点はあるものの、取り立てて波風が立つことなく平穏に過ごしていた弥尋たちの身の上に災難が降りかかったのは、ゴールデンウィークを前にした週末のことだった。

その日、弥尋と三木は、三木グループと関係のある企業の新製品発売のためのお披露目パーティへ参加する予定が入っていた。

元々は三木の父や兄が出席する予定ではいたのだが、急遽別口の取引が入ってしまったため、社長と副社長の代理として、親族でもあり、現在は他の企業に出向しているとはいえ三木屋にも籍がある三木が代わりに出席することになったのだ。

パーティの名を冠する公式の場である以上、一人での参加は好ましいものではなく、そうなると三木が同伴するのは当然伴侶の弥尋ということになる。

「せっかくの週末がつぶれるのは気が進まないんだが」

「仕方ないよ。お義兄(にい)さんとお義父さんだってお仕事なんだから」

お披露目パーティは昼過ぎから始まるが、比較的近場のホテルが会場のため、午前中は自宅でゆったりと過ごしていた。

「料理たくさん出ると思う？」

「出るとは思うが、ディナーには早くランチには遅い時間だからな。あまり期待しない方がいいかもしれないぞ。ビュッフェ形式の簡単な食事くらいはあるだろうが」

「デザートもあるかな」

「アイスクリームメーカーのお披露目だから、むしろそっちがメインだろう」

途端にぱあっと輝く弥尋の顔はわかりやすい。

最初はパーティと言われて幾分気後れしていた弥尋だったのだが、試作品を食べられるかもしれないと聞いて、俄然(がぜん)参加する意欲が増したのだから、可愛いものである。

「あまり食べすぎないようにするんだぞ」

「はあい」

くすりと笑う弥尋を腕の中に閉じ込めて、三木は口づけを落とした。

自宅にいる時だけでなく、二人でいる時にはほぼべったりくっついている状態の二人を見て呟かれた、「倦怠期の心配はいらないみたいね」

弥尋の母親の台詞は、二人を知るほぼすべての人の感想を代表するものに違いない。

「正装？」

「いや、少し上等な普段着でもいいとは思うぞ。おそらく、他の企業からだけでなく、関連会社からも人が参加しているだろうから、そこまで畏まった席じゃない」

「それなら気楽ですね」

「私は心配だ」

「何が？」

「テーブルの上の食べ物に集中して私を忘れてしまうことが」

真顔で言った三木に、弥尋はふうわりと微笑んだ。

「バカだなあ。そんなことあるわけないじゃない」

「そうか？　だが、この間一緒に歩いていた時も、歩道沿いの店の中のパフェをじっと見ていたじゃないか」

「あれは！　大きいなって思って見てただけ」

「本当か？」

「本当です。ちょっと食べてみたいとは思ったけど」

「欲しければ言いなさい。いつでも連れて行ってあげるから」

「うん」

洗濯ものがひらひらとバルコニーに舞う長閑な春の一日。

出来るなら、このまま一日中だらだらとリビングに転がっていたい気分は強いのだが、時計の針が十一時半を示したのを頃合いとして、三木はぽんと弥尋の頭の上に手を乗せた。

「そろそろ準備しようか」

気乗りのしないパーティではあるが、名代を仰せつかった以上、三木屋の重役として役目をそつなくこなす義務が、三木にはあるのだ。

会場となったホテルはお台場にあり、三木が運転する車に乗れば三十分かからずに着くことが出来る。週末ということもあって周辺道路は混雑していたが、時間に遅れることなく二人はホテルのロビーに立つことが出来た。

開放的なホテルには周辺施設へ遊びに出かける宿泊客も多く、カジュアルな服装に身を包んだ家族連れやカップルの姿も多く見られた。

「招待状を」

二階に上がってすぐに開けたロビーがあり、受付で二人分の招待状を渡すと、すぐに中へと案内された。

「招待状がなくちゃ入れないんですか？」

「どこのパーティでもそうだが、中にはよからぬことを企む人間がいないとも限らないだろう？　今日は新製品のお披露目だから、報道関係も何人か招待しているんだ。もしも無尽蔵に誰でも入れるようになれば」

三木はそう言って、広いホールに点在するテーブルを小さな動作で指差した。

「試供品なんかあっという間になくなってしまうぞ」

「それは由々しき問題ですね」

他にも自社製品や軽くつまめるディッシュは並べられているが、目玉となる新製品があっという間になくなってしまえば、何のためのお披露目会なのかわからなくなってしまう。

社交界的なパーティと違うのは、受付で貰ったパンフレットや土産の引換券を見ればわかり、何度か連れて行って貰った三木家主催のパーティよりは、よほどくだけた印象が強い。普段着に少しお洒落をしたくらいの若い人もいれば、着物を着た年配の女性たちもいて、かと思えばスーツを着た男たちもおり、中には小・中学生くらいの子供までも見かける。腕章を嵌めたカメラを持つ人たちは、おそらく三木の言う招待記者に違いない。

「三木屋でもこんなお披露目とかするの？」

「大々的に売りに出すのが目的ならするが、せいぜい記者会見くらいだな」

和菓子処「森乃家」として製品の工程に関わっているのは職人の博嗣だけで、三木はじめ兄や祖父たちは経営を主に担当している。工房で作る和菓子には季節的なものもあり、たまに新聞や広告に出すことはあるが、新しい商品が生み出されるたびにパーティを開くのはさすがに無駄でもあり、経費削減と話題を提供するという二つの相反することを受け持つのが、広報部の役目となる。

「そこで話をしたり説明をするのが兄の仕事の一つだ」

柔和な雰囲気を持ち、人当たりがよい上に、まだ若く、顔立ちも整っている雅嗣には打って付けの役目でもある。

「そう言えば、博嗣が初夏の菓子の試作品を作ると言っていたな」

「え」

途端に目が輝いた弥尋を見下ろし、三木は苦笑した。

「また食べに来て感想を聞かせてくれと言っていたぞ」

「ほんと？」

「ああ。出来たら連絡すると言っていた」

「わあ……嬉しいなあ」

職人の博嗣は吉祥寺の森乃家本店の工房で製作をしており、無口でもある彼とはそうたくさん話をしたことはないのだが、店に立ち寄るたびに美味しいお菓子をくれるので、弥尋はほぼ一方的に懐いていた。

「博嗣さんのお菓子って、時々すごく楽しいのが出て来るから好きなんだ。去年は金魚だったし、今年はなんだろう」

質素で上品な本格派の和菓子の他にも、和風喫茶「森乃屋」で出しているような和洋折衷を盛り込んだ不思議な菓子もある。フランスやイタリアに留学していたこともある博嗣は、柔軟に様々なものを取り入れてはインスピレーションに従って創作をし、成功や失敗作はあるものの、それら試作品を食べる機会を得ることが出来て、弥尋はとても満足していた。

「博嗣さんの試作品って、世界でたった一つしかないんだもの。是非食べに行かせて貰わなくちゃ」

製品化されればいくらでも食べることは出来るが、中には店に出すことなくボツになるものもある。そうではあっても十分に舌を満足させる味でもあるから、見逃すことなど出来るはずもない。

博嗣にとっても弥尋は、兄の伴侶というだけでなく、今ではすっかり味見役として重宝している節があり、兄の隆嗣を通して連絡を寄越すことも多かった。

「博嗣の菓子はまた今度にして、今日は今日の菓子を楽しめばいい」

「そうでした」

頭の中がすっかり森乃家の菓子に向かっていた弥尋は、中央の大きなテーブルの前にある白いケーキの塔に顔を向けた。

ウエディングケーキのようにも見えるが、実際にはすべてがアイスクリームで作られており、ジャムとゼリーで出来た苺を模した甘酸っぱいグミ、チョコレートで描かれた模様など、

(溶ける前に食べないと)

弥尋に心配をされるくらいに人々の注目を集めていた。

もっとも、今日の主役である新製品は巨大なアイスケーキではない。元々、今回弥尋らが参加していることの企業、クレアムという名称で有名な乳製品メーカー

なので、他のテーブルの上にも、冷凍保存されたアイスクリーム製品やジェラートなどの自社製品がずらりと並んでいる。

　弥尋もクレアムの商品は好きで、デパートの地下に売られている一個五百円するアイスクリームをお土産に買って来てと三木にお願いすることもあるほど。

「美味しそう……」

　そんなクレアムのアイスクリームが食べ放題。思わずだらりと下がった弥尋の頬を、つんと抓ったのは三木だ。

「食べるのはいいが加減しなさい。後で腹が痛いと言っても知らないぞ」

「誘惑に耐えられるかなあ」

　どれもこれも食べてみたいものばかり。社員が子供を連れて来る理由がわかったような気がする。大人だけではさすがにアイスクリームばかりを食べるわけにもいかないだろう。

（残ったら勿体ないし）

　ホットプレートも数多く並んでいるので、寒くなって温かい食べ物が恋しくなればそちらで温かいスープを飲んだり焼き立ての肉やパスタを食べてもいい。実際に甘いものは敬遠しがちな年配の大人たちは、新製品を試食した後は、ホットプレート上の料理で口直しをするのが暗黙の流れとなっているらしい。

　会場に入ってしばらくするとライトが落とされ、スポットライトを浴びて前に立った主催者の挨拶を軽く聞き流し、製品紹介のプロモーションビデオを見ながら説明を受け、そしてCMに起用されたタレントの挨拶の後に乾杯で、ジュースの入ったグラスを三木と合わせた弥尋は、グラスを置くと早速、三木と共にテーブルに向かった。

「隆嗣さんは社長さんに挨拶しないでいいの？」

「三木屋が出席した事実があればいいらしい。それに今は周りに人が多すぎて、順番待ち状態だ」

「あ、本当だ」

自由時間に移った途端、クレアム社社長の周りには多くの人や記者が詰め掛け、挨拶をするどころではない。

「人がいなくなったら一緒に挨拶に行こうか」

「俺も行っていいの？」

「もちろん。弥尋君もちゃんと父と兄に認められた三木家の代表だ」

「はい」

優しい目で当たり前だと言ってくれる三木の言葉に、弥尋はほんのりと頬を染めて頷いた。

ホール内には大勢の招待客がいて、居心地悪そうに慣れないスーツに身を包む人もいれば、母親の手を引いてデザートにまっしぐらに向かう子供たちもいて、雑多ではあるがどこか賑やかな明るい雰囲気が会場全体を満たしていた。

全部を満足するまで食べてしまえば、三木の忠告通りに腹を壊しかねないので、少しずつ小皿に取りながらテーブルをはしごする弥尋が、これだけは丸ごと食べなきゃ意味がないとクレープを作ってくれる人の前に並んでいる時に、思わぬ声が掛けられた。

「――三木先輩？」

最初は列の後方で待っている三木のことだろうかと思った弥尋は、再度、

「三木先輩ですよね？」

声を掛けられ、隣を振り返って目を大きく見開いた。

「あれえ、芝崎だ」

「やっぱり三木先輩だった」

ほっとしたように息を吐いたのは、三月に卒業したばかりの弥尋の母校、杏林館高校の後輩で、現在は進級して二年生になる後輩の芝崎一成だった。

「驚いた……」

本当に驚いた。高校時代は親しく付き合い、駅近くの森乃屋にも共に何度も出かけたことのある後輩と、

まさかこんな場所で再会するとは思いもしなかった。

しかも、

「制服とジャージと胴着以外の恰好って初めて見た」

芝崎も弥尋たちと同じく、スーツを着込み、短めの髪の毛も心なしかセットされていて、声を掛けて間近で見なければ後輩だとは気付かなかったかもしれない。カジュアルさを残したスタンドカラーの灰色のスーツを着た芝崎は、年齢より少し大人びて見え、

「見違えたかも」

弥尋の顔に笑顔を浮かべさせた。

「三木先輩こそ、すごく……その素敵です」

「ありがとう」

久しぶりに会った人と互いに褒め合って照れ照れしていた弥尋は、順番が来て出来たてのアイスクレープのフルーツと生クリーム添えを受け取ると、邪魔にならない場所に立って、改めて芝崎と向かい合った。

「久しぶりだね。元気だった?」

「はい。先輩もお元気そうで。大学はどうですか?」

「ぼちぼち慣れていってる途中。意外と自由なのに驚いたけど」

「弥尋」

懐かしさからつい話し込みそうになった弥尋は、振り返った。

「隆嗣さん、後輩の芝崎君だよ」

ゆっくりと歩いて来た三木は、弥尋の前の芝崎を見て、僅かに眉を寄せた。

「杏林館高校二年の芝崎一成です。三木先輩には高校でお世話になりました」

「芝崎は森乃屋のファンなんだよ。たまに学校近くの森乃屋に一緒に食べに行ったって話したことあるでしょう?」

「そう言えば」

そうだったなと、たった今思い出したふりをした三木だが、もちろんそんなことはなく、弥尋に聞かされ

た名前はしっかりと覚えていた。仕事で時間の都合がつけにくい自分以外の誰かが弥尋と一緒に森乃屋へ行くのを、複雑な気持ちで、しかしその思いは胸の奥に押し込めたのは覚えている。単なる後輩だと言っていたが、果たしてその真意はどうなのか。

だからではないが、芝崎を見る三木の目にはどこか検分するような光があり、見られている芝崎の方は、

(この人、ちょっと怖くないか……?)

あながち間違いでもない感想を抱いていた。

もちろん、芝崎に弥尋への恋情は一切ない。あるのは単純に憧れだけで、疚しい気持ちはないと言い切れる……のだが、恋は盲目状態の三木には、可愛い弥尋の傍にいる人間は、誰もが気になるのだからしょうがない。

「隆嗣さん、隆嗣さん。そんなに見たら芝崎に穴があいちゃいます」

「ああ、悪い。すまなかった」

「いえ」

ところでその人は一体どなたなんですか?

芝崎はそう尋ねたかった。尋ねたかったが、並んで立つ二人の指にお揃いだとわかる指輪を見つけてしまい、訊こうにも訊けなくなってしまっていた。

(お二人の関係ってまさか)

そんなはずはないだろうと思う一方で、三木先輩ならあり得るかもと納得してしまう自分もいる。

そんな後輩の胸中に気付いたのは三木で、にこにこして立つ弥尋に笑みを浮かべながら言った。

「彼に私を紹介してはくれないのか?」

「あ」

自分が知っているから相手も知っていると思い込んでいたわけではないが、すっかり紹介を忘れてしまっていた弥尋は、慌てて三木の腕を引いて少し前に押し出した。

「ごめんね、芝崎。この人は三木さん。俺の保護者で

――」

さてどう言えばいいだろうか。

見上げた弥尋に、三木は頷いた。

「俺の保護者で恋人で――」

「夫だ」

続きは胸を張った三木が言い切った。

驚いたのは芝崎だ。薄々関係を察してはいながらも、ここまではっきり認められるとどう反応してよいのかわからず、目を丸くするばかり。

そんな後輩の困惑に苦笑しつつ、弥尋は一番わかりやすい言葉を選んで説明した。

「ええとね、俺たち結婚してるんだ」

「……三木先輩とこの方が？」

薬指の指輪から予想していた恋人以上の関係に芝崎は目を丸くした。

「芝崎は俺が三年の時の新入生だから知らないだろうけど、元々は本川弥尋だったんだ。それが去年入籍して」

「入籍」

「うん。それで三木弥尋になったんだ。聞いたことない？　芝崎の一個上の人たちが本川先輩って言ってるのを」

「本川……。あ、そう言えば聞いたこと、あります」

卒業式でも卒業式の後の校門前での待ち伏せの時にも、

「本川先輩！」

と叫ぶ先輩たちを見ていた。卒業式ばかりでなく、行事で顔を合わせるたびに聞いてきた気がする。単なる仇名（あだな）か何かだろうと思っていたのだが、

「結婚してたんですか……」

旧姓と現姓が混在されていたのだとしたら納得出来る。

それにしても、こんなにオープンにしていてもいいのだろうか？

にこにこしている弥尋も三木も、別段隠そうとする意識はないように感じられ、かえって芝崎の方が困惑してしまう。

「俺に話してもよかったんですか？」

「うん。成り行き上っていうのはあるかもしれないけど、芝崎は後輩だけど友達だし、隆嗣さんもいいって言うから。別に隠しているわけでもないんだよ。わざわざ言って回ってないだけで」

　気付く人は気付く。

その結果、どう思いどう判断するかはその相手に委ねるしかない。

「……わかりました。俺もそのつもりでいます。親にも、従兄弟にも言いません」

　親は正直どうでもいいが、巳継に知られると何かとややこしいことになりそうなので、特にありがたい。

「ありがとう」

　ふわりと微笑んだ弥尋は、そこで思い出した。

「それより、芝崎はどうしてここに？」

「親に……親に連れて来られまして……」

　眉を寄せた芝崎は一瞬で、すぐに破顔した。

「でも三木先輩に会えたから親には感謝しないと」

　親と一緒に来ているのならクレアムの社員だろうかと考えた弥尋の隣で、答えを言い当てたのは三木だった。

「クレアム社社長の四男だったか」

　顔を上げた芝崎は目を丸くした。

「その通りです。でもどうして」

　知ってるんですかという問い掛けは、今度は、

「三木さん」

　太い男の声で遮られた。

「父さん」

「父さん？」

　両脇に秘書らしき二人の男を連れた壮年の男性は、三木の前まで来ると相好を崩した。

「今日はわざわざありがとうございます」

「いえ、こちらこそ。お招きありがとうございました。今日は父と兄が所用のため、私が名代として参りました」

「これはご丁寧にありがとうございます。三木社長からはお電話をいただいているのですよ。息子が行くので是非とも美味しいデザートを食べさせてやってくれ、と」

　瞬間、三木の脳裏に脂下（やにさ）がった父の顔が思い浮かんだ。

　この場合、「息子」とは正確には「息子嫁」で間違いないはずだ。

（……弥尋君のためだな……）

　三木のためにわざわざ電話をするはずがない。本当は自分が弥尋と一緒に行きたかったに違いなく、泣く泣く権利を三木に譲った義父は、

「お義父さん、美味しいアイスクリームを食べる機会をありがとうございます」

　弥尋に感謝されたいという野望が見え見えだ。

　そんなことを知らないクレアム社長は、にこにこと機嫌よく三木に話しかける。

「土産も帰りにお渡し出来るよう手配しています。受付のものに申しつけてください」

「ありがとうございます。それにしても盛況のようですね」

　三木はぐるりとホール内を見回した。

「ええ。久しぶりの新シリーズとあって開発も力を入れたようで、反響もよく私もほっとしていますよ」

　大人の会話が始まったのを見て、弥尋と芝崎はそっと彼らから距離を取り、テーブルの端に寄って、弥尋はさっき作って貰ったクレープを、芝崎はクリームサンドを口にした。

「お父さんって、あの方が芝崎のお父さん？　それに社長さん？」

「はい。実はクレアムはうちの会社なんです」

思わずクレープを落としそうになった弥尋は、慌てて手に握り直した。

「……あのアイスクリームの？　っていうか、このアイスクリームの会社の？」

「はい」

「……本当？」

「本当です。別に隠していたわけじゃないですけど……」

「いや、うん。それはいいんだけどね、別に。でもそれだったらアイスクリームとか甘いものとか食べ放題じゃないの？」

メーカーの家の子が自社製品を食べ放題……のわけはないのだが、一人で甘味処に入る勇気が持てずに弥尋を誘った芝崎の行動を不思議に思って尋ねれば、芝崎は、

「アイスクリームはいやというほど食べてるんで……」

だから他の洋菓子や和菓子が食べたかったのだと苦笑を交えつつ正直に告白する。

「なんか芝崎って可愛いなあ」

赤くなった芝崎の、自分より高い位置にある頭の上に手を乗せて撫でてしまいたくなる。

剣道の有段者で実力を持つ硬派の芝崎が甘味処へ行きたい理由がそんなところにあったとは。

「絶対に誰にも言わないでくださいね」

「言いません」

「親にも」

「言わないけど、なんで？」

「甘いものが食べたければうちの商品買えって兄たちに言われるので……」

「……切実なんだねえ」

「そうなんです……」

甘いものは好きなのに、自分のところのものだけしか食べられないのは不幸でもある。

「わかった。また二人で一緒に甘いものを食べに行こうね」

「いいんですか？」

「もちろん。俺も白状しちゃうと森乃屋の関係者なんだよ。隆嗣さんの会社のお店が森乃屋で、実家のお店が森乃家」

「家がつく森乃家って、あの和菓子の老舗ですか？」

「うん」

「じゃあ、先輩こそお菓子が食べ放題じゃないですか」

いいなあと言う芝崎に、弥尋はふふと笑う。

「クレアムのアイスクリームも好きだよ。そうだ、もう少ししたら新しい和菓子の試作品を食べられるかもしれないんだ。その時にはお土産貰ってくるね」

「先輩っ！」

感動した芝崎が弥尋の手をがばっと握ったのには他意はない。

そして、クレアム社長と話をしながら横目で見てしまった三木にメラメラと嫉妬の炎が燃え上がってしまったのも、無理はない。状況を見れば、毛並みのいい子猫と仔犬がじゃれ合っているようなものだが、

（早く弥尋君の手を離せ）

念じる三木が気にしている方を見たクレアム社社長芝崎道真（みちざね）は、目元を緩めた。

「うちの末息子と一緒にいる方は三木さんのお知り合いですか」

「ええ。高校の後輩です」

三木は「弥尋の後輩が芝崎」のつもりで言ったのだが、親視点では「息子の友人が後輩」に変換されてしまうのも無理からぬこと。

「仲が良くていいですな」

「ええ、本当に」

仲がいいのは結構。

（だから早く弥尋君から離れないか）

理不尽な嫉妬を受けた芝崎が、悪寒を感じて弥尋の

手を離すまで三木の視線が緩むことはなかった。

開始から時間が進めば、ホール内各所では、各々が新製品を前にして感想を述べ合い、今後の取引について探りを入れる話し合いが行われているようで、黒い塊が幾つも見える。

（まだかかるのかな）

三木とクレアム社長の周りには、いつの間にか他にも大勢の人が集まり、ちょっとした会合のような雰囲気になっていた。もしもそうなら、甘いもの以外も食べようかと考えていた弥尋が、後輩を誘って近くのテーブルに向かおうと足を動かしかけた時である。

「三木様」

若い女の声がすぐ近くで聞こえた。

（俺？）

自分のことかと思い、しかし女性の知り合いでこんな会社関係の会合に出席するような人はいただろうかと考え、すぐにその考えを捨て去った。

（俺じゃない。隆嗣さんだ）

この場に三木は二人いる。もしかしたら同じ姓を持つ人は他にもいるかもしれないが、間近で名を呼ばれるのであれば、自分たち——三木に間違いない。

すぐに弥尋は顔を三木がいる方へ向け、そこで見てしまった。

薄桃色の振袖を着た女性が静々と、三木へ近づいて行くのを。

「誰あれ」

思わず声に出し、

「あの人は……」

芝崎が自分の記憶を探り出す。

「トウカ銀行の関係者だったはずです」

名前は確か、

「お久しぶりでございます。桐島麗華（きりしまれいか）です」

芝崎が答える前に、三木とクレアム社長の前に立った桐島麗華と名乗った女性は、必要以上にゆっくりとした動作で頭を下げた。

見るからに大人しやかな和風の女性。年齢は芽衣子くらいだから二十五は過ぎていそうだ。少し茶色に染めた長い髪を一つにして上で纏め、薄らと化粧をした桐島は、頬を染めて三木に向き合った。

「このたび、留学から帰国いたしました。お待たせして申し訳ございません」

澱(よど)みなく口上を述べた桐島だが、

「待たされた覚えはないが」

対する三木の返答は冷淡なくらい素っ気ないものだった。しかし、それにめげないのがこの桐島麗華という女性。

「二年間も離れておりましたから、お待たせしていたとばかり」

桐島は頬を紅潮させて、三木を見上げた。

長い間対面していない恋人との再会に歓喜するような熱情が彼女の瞳には確かにあった。だから、そこだけ見れば美男美女のカップルだ。

しかしながら、傍目(はため)にもわかるほどくっきり刻まれた眉間の皺(しわ)から三木の表情は友好的とは言い難い。それどころか、どちらかと言うと無表情の中に嫌悪すら見えているように思えるのは、弥尋の気のせいではあるまい。

現に芝崎も、こそりと弥尋にのみ聞こえる小さな声で囁くように言った。

「先輩、三木さん機嫌悪くないですか？」

「芝崎もそう思う？　実は俺もそう思ってるんだ」

あくまでも友好的な態度を崩そうとしない桐島と、彼女がそれ以上近づくのを拒絶の空気で押し止(とど)めている三木。

三木たちの周囲にいた人々も、いきなりの妙齢の女性の出現と思わせぶりな言動に訝(いぶか)しげな表情のまま、どう動いたらよいのか判断しあぐねているようだ。興味津々というよりは、困惑の強さから口を挟めないでいるというのが正解だろう。

　しかし、桐島はそんな周囲や三木の気配に気付いているのか、いないのか、また一歩足を踏み出し、三木の腕へと手を伸ばした。

「……っ」

　そんな場面を見逃せる弥尋でない。

　三木の傍に行かなければと眉を吊り上げれば、それよりも先に、三木がすっと掌を前に出し、彼女が近づくのを制した。

「それ以上近づかないでいただこう」

　三木はちらりと弥尋を見た。

　そこで待っていなさい。

　大丈夫だからとの意志が見え、弥尋は唇をぎゅっと結んだまま、成り行きを見守ることにした。

　弥尋が行動を起こさないことに少しだけ笑みで応えた三木は、真正面から桐島に向き直り、毅然と見返した。

「私はあなたに待たされた記憶がない。待たされるような相手もいない。失礼だが、どなたか別の方と勘違いなさっているのでは？」

　公の場での三木の赤の他人発言に、桐島は見る見る表情を曇らせた。

「そんな……私、三木様に嫁ぐ日を指折り数えておりましたのに」

「ますますもって別人だな。私はそんな約束をした覚えはない」

「でも、留学から帰って来た暁には婚約すると仰って」

　三木は顎を僅かに上げ、目を眇めた。

（うわあ、隆嗣さん、今鼻で嗤ったよ鼻で）

（うわあ、父さん、顔が引きつってる……）

　弥尋は不機嫌マックス状態の三木を見て、芝崎は離れたいのに動けないままその場にいるしかない父親を見て、手に汗握る展開を固唾を呑んで見守った。

「私でないのは確かだな。それとも私の名を騙った誰かではないか？」

暗に騙されたのだろうと言う三木に、桐島は赤くなった顔を上げた。

「そんなことございません。私、三木様の御親戚の方ときちんとお話しさせていただいておりました。私が留学から帰国するのを待って結納を取り交わす予定だと」

「あなたがそう思うのは勝手だが、身に覚えのないことであれこれ言われるのは非常に不愉快だ。添い遂げる相手は自分で見つける。ついでだから言っておく。私はすでに結婚している」

「嘘……」

驚愕に目を見開き、信じられないと言わんばかりに口元を手で覆う令嬢に一切の憐憫も見せることなく、三木は続けた。

「嘘だと思いたいなら思えば結構。ただし、これだけは言っておく。在りもしない話をあちこちに吹聴して回らないことだ。もしもそんな話が耳に入れば、いくらトウカの娘とはいえ、ただでは済まないぞ。私と伴侶の婚姻は祖父も父も認めた正式なものだというのを忘れるな」

それだけ言うと、三木はクレアム社長の方へ顔を向けた。もうこれ以上、話すことはないという明確な拒絶に、青い顔をしていた桐島はきゅっと赤い唇を引き結んだ。

（よかった……）

一時はどうなることかと思っていたが、これ以上騒動に発展しないようで、弥尋は安心した。そのついでに、喉が渇いたので芝崎と二人してウェイターに水のお代わりを貰い、ほっと一息をついた。

「なんだったんだろ、あの人」

「さあ」

三木に懸想しているのは話の流れからわかったが、内容そのものは互いにまったく嚙み合わずクエスチョンマークが飛び交うばかり。

「帰ったら隆嗣さんに聞いてみよう」

「その方がいいですよ」

悶々(もんもん)とわけのわからないことで悩むより、教えて貰った方が早い。

「先輩はもうすぐに帰るんですか？」

「たぶん。隆嗣さんが不機嫌になってるからご機嫌取らなきゃ」

「それがいいと思います。――あ」

芝崎が小さな声を上げ、弥尋は首を傾げた。

「どうかした？」

「いえ、あの人がこっちに歩いて来ます」

あの人と言えば、今の会話の流れからは桐島麗華しかいない。あの三木の拒絶発言を受けてなおこの場に居続ける度胸は褒めたいところだが、一体何を考えて立ち去りもせずにこの場に留まっているのか。

「まさか俺たちに用事があるわけじゃないよね」

「たぶん……先輩のことを知ってる可能性は？」

弥尋は首を横に振った。

「俺は初めて見たから知らない。隆嗣さんが結婚してることを知らなかったくらいだから、向こうも知らないと思う」

もしかしたら弥尋たちのいる一画に知り合いがいて、引き返して来たのかもしれない。

そんなことを考えている間に、桐島は弥尋たちの横を通り過ぎた。

それでほっとしたのも束(つか)の間、すれ違いざま、

「あ」

弥尋は誰かに背を押され、持っていたグラスの中身が傾き、中身を零してしまった。

「あ」

「きゃっ……！」

間の悪いことに、グラスが零れた場所に立っていたのは件(くだん)の桐島麗華で、水は見事に彼女の着物に降りか

かってしまった。

「いやだ……濡れてしまったわ……」

茫然と呟く桐島と、

「あれ？」

何が何やらわからないまま唖然とする弥尋。

反応が早かったのは芝崎で、すぐに近くにいたウェイターにタオルを持って来るように頼み、自身は水気を吸い取るために着物の表に紙ナプキンを当てた。

「祖母の形見のお着物なのに……」

桐島はきっと顔を上げ、弥尋を睨んだ。

「私の着物、どうしてくださいますの」

しかし、これはあくまで事故である。弥尋が不注意に立っていたわけでなく、敢えて言うのならぶつかった人物の責任ということになる。

しかし、そんなことを告げたとしてもこの女性はきっと納得しないんだろうなと、比較的落ち着いた思考の中で考え、さてどのように話を切り出すべきかと最初の一言を考えていると、

「弥尋君」

「どうしたんだ」

三木とクレアム社長、それに秘書が人の輪をかき分けて駆けつけた。桐島がその場の中央にいることで、三木は嫌そうな表情を繕おうともせず、社長は明らかに「げ」という顔になったが、幸いそれに気付いたのは身内だけだったようだ。

秘書と役目を替わった芝崎は、状況を簡単に説明した。

「誰かが俺たちにわざと体当たりして、その人の着物に水を掛けさせたんです」

「それは確かなのか？」

「後ろからぶつかられたから確かじゃないけど、わざわざぶつかるほど混雑はしていないんだから、わざとだと考えるのが妥当だと思う」

「そうか」

誰もが納得する芝崎の説明だったが、一人納得しないのは当の桐島麗華本人だ。

「そんなことありませんわ。その方、私に向かって零したに違いありません」

その瞳は弥尋に対する敵意に満ちていた。

「……そんなことをして俺に何の益があるんでしょうか」

「それはわかりません。でもそうに決まっています」

バチバチと見えない火花が散る。

言い合いに発展しそうな剣呑な雰囲気を悟ったクレアム社長が、わざとらしくパチンと手を打つ。

「それなら監視カメラを見れば一目瞭然だな。息子たちにぶつかった人物も特定出来るし、請求はその相手にすればいい。監視室で映像をチェックしてください。そうすれば彼女も納得するでしょう」

社長はすぐさま秘書の一人をホテルの監視室へと走らせた。見ればすっきり片付くのなら、面倒事はさっさと終わらせた方がいい。有耶無耶のまま後回しにしない芝崎の父の判断は、三木には満足のいくものだった。

しかし、それに異を唱えたのは、やはり桐島麗華だった。

「その子が悪いのに、私の勘違いと仰るのですか」

だからはっきりさせようと言っているんです——。

そう言いかけた弥尋を制したのは夫だ。

「ええ。悪いがあなたには前科がある。私を婚約者だと思い込んだという前科が。弥尋君が故意に水を掛けていない以上、誰かがあなたに被害が行くようにしたんだろう。それは映像を確認すれば済むこと。疚しいことがないのなら、ビデオを見たところで問題になるはずはないが？　もしも本当にこちらに非があるのなら、それなりの対応はさせて貰うし、真犯人がいるのならそちらをどうにかすべきだ。どちらにしろ、貴女の不利益にはならないはずだ」

そこまで言うともう話すことはないとばかりに三木は、弥尋の背に手を回し、クレアム社長へと向き直った。

「社長、連れがショックを受けているようなので、私たちはこれで失礼します」

「お待ちになって！　逃げるのですか！」

「まさか」

三木は冷淡に言い捨てた。

「これ以上言い合いをしても平行線のままなら事実がわかってからでもいいと言っている。身元は互いに保証されているのだから逃げる意味もない。それで不都合でも？」

三木に見据えられた令嬢は悔し気に唇を震わせている。それを確認した三木は、また難癖をつけられる前にとこの場から辞去することを再度社長に告げた。

「あ、ああ。会長や社長にもよろしく伝えてくれたまえ。カメラの結果は三木社長へ伝えよう」

「ご配慮、感謝します」

「先輩は大丈夫ですか？」

「うん、大丈夫。ちょっと考え事していただけだから」

弥尋はにこりと微笑むと、三木に寄り添った。触れる手の位置に芝崎が視線を落とせば、指が軽く触れたり絡んだりして、見なきゃよかったと嘆息する。

弥尋は在校生に桜霞の君と呼ばれた微笑で、芝崎の父であるクレアム社長に会釈し、それから桐島に対して顎を上げてスッと見つめた。

正統派美少年だがその素直さと天然系の性格ゆえに、弥尋の普段の性質は可愛いと評されることが多いのだが、本質は美人なのだ。その整った容貌が今は雰囲気を変えて、桐島に向かっている。

そこには、滅多に見ることの出来ない、怜悧な部分が顕現していた。

桐島を見据えたまま一言も声を掛けることなく、ただ微笑を湛えて立つだけの弥尋に、

（怒らせてはいけない）

そう思ったのは芝崎ばかりでなく、三木もまた同じだった。

そして見られている側の桐島は、ぎりぎりと唇を噛みしめつつも、弥尋の放つ冷気に阻まれ言葉を発することが出来ないでいた。

そんな桐島に対し、最後まで言葉を掛けることなく、最後にちらりと一瞥だけした弥尋は、三木の腕を取った。

「帰りましょう隆嗣さん」

「そうだな」

「芝崎もまた」

「あ、はい」

すでにもう桐島の姿は弥尋の眼中にない。

それはつまるところ、相手にもならないと宣言しているようなものだ。戦う気がないのだから、宣戦布告とは違うのかもしれないが、ニュアンス的には同じで間違いない。

三木への恋情を公の場で訴え出た桐島に対する、弥尋なりの報復だ。

弥尋たちが出て行った後、思い出したように捜しても桐島麗華の姿はすでにどこにもなく、周囲はざわつきながらもまた元に戻りつつあった。

「息子よ」

芝崎道真は、二人を見送る末息子にだけ聞こえる声で呟いた。

「なんだい、父さん」

「……今日は一杯付き合わんか」

「いいよ。ジュースでいいなら。俺もなんかそんな気分だから」

新製品お披露目パーティ、評判もよくプロモーションビデオの出来もいい。幸先良く新製品を紹介出来る場で、取引の話は引きも切らずやって来て、秘書の抱える手帳には、すでに売買契約や納品計画の打ち合わせの日取りが分刻みで書き込まれている。

大成功は間違いない。

だが、芝崎親子は非常に疲れていた。

それは、決して彼らの責任でないことは記す必要もないくらい明白な事実でもあった。


帰り道、本来ならイタリアンレストランへ寄って夕食を食べて帰る予定だったのだが、

「そんな気分じゃない」

「家に帰ってぐうたらしたい気分」

二人ともが微妙にささくれだった気分を抱えていたために、途中立ち寄ったファストフードのドライブスルーでジャンクフードを買い込んで、そのまま自宅マンションへ直帰した。

マンションの玄関が閉まると、まず三木が大きく溜息を吐き出してネクタイを外し、弥尋は弥尋でそのままリビングのソファにダイブして、クッションに顔を埋める。

「弥尋君、脱がないとスーツが皺になるぞ」

「脱ぐ」

もぞもぞとうつ伏せのままジャケットを下に落とし、靴下は手を使わずに足だけで、またもぞもぞと脱ぐ。

次兄がだらだらする気分をちょっとだけ味わった後は、ちゃんと座り直してシャツを脱ぎ、自室から持って来たルームウェアに着替え、ぽすんとソファに座り直した。

「ご機嫌斜めだな」

隣に座った三木に腕を引かれ、肩にこてんと頭を乗せた弥尋はぱっと夫を見上げた。

「さっきの人、隆嗣さんの婚約者だって言ってた」

「婚約も何も、私にはもう可愛い妻がいるぞ？」

「留学から帰って来たら結納だって」

「そんな話は聞いたことがないな。父や母に訊いてみてもいい。そんな事実はどこにもない」

「……なんなの、あの人。全然知らない人？」

「いや、まったく知らないというわけでもない。——ああ、そんな顔をしないでくれないか。弥尋君の心配するような関係じゃないから安心しなさい。名前を聞いて思い出した程度で、全然接点がない相手なんだから」

　よしよしと三木に手を撫でられ、弥尋は「うん」と呟いた。

「別に隆嗣さんとあの女の人の間に何かあったとか、そんなのを疑ってるわけじゃないんだよ。本当だよ？　でも、なんだかすごく……すっごーく嫌だった」

　嫌という表現は適切ではないかもしれない。もっとドロドロとしたものが、一瞬にして胸の中の澱(おり)となって渦巻いて、すぐにでも引き離してたまらないくらい体が熱くなるのを感じた。

「俺の隆嗣さんなのに、あの人、まるで自分のみたいに言うんだもの」

「安心しなさい。私のすべては弥尋君だけのためにあるんだって、わかってるだろう？」

　頭頂に落とされたキスに、弥尋の気分は少し浮上する。

「私こそ、腹が立っている。いきなりあんなことを言い出して、一体何のつもりなんだか……」

　はあと落とされた深い溜息に、今度は弥尋が三木の手を握り返し、ゆるゆると手の甲を撫でて慰めた。そう、弥尋も嫌な気分を味わわされたが、直接話しかけられた三木だって十分に嫌な思いをしたのだ。

「飲み物淹(い)れて来ますね。この間、いいハーブティー貰ったんですよ」

　立ち上がった弥尋は、三木に抱きつくとキッチンに向かった。湯を沸かし、カチャカチャと音を立てて食器の用意をしながらカウンター越しに見れば、三木は

電話に手を伸ばしたところだった。

「どこに掛けるの？」

「父だ。今日のことは報告する義務があるからな」

桐島のことがあったのは完全なイレギュラーで、元々は社長である清蔵の名代として出席したのだから、どんな内容の話を誰としたのか、誰と会ったのかは伝えておく必要がある。後日、パーティ会場で顔を合わせた相手から挨拶をされた時に、「聞いてません」では通用しないのだ。

名刺交換は日本独特の風習ではあるが、相手から預かった名刺類は三木隆嗣本人に対して渡されたもの以外は、すべてメモを書いた付箋を付けて父や兄に渡すようにしている。在宅なら直接白金に向かってもよかったのだが、家族全員不在とくれば翌日回しにした方が確実だ。

ただ、桐島のことは早めに父に伝えておいた方が、後々ややこしい事態に陥った時に早期対応が取り易い。

弥尋に心配を掛けるようなことにはならないとは思うが、大事な人を守るためにはすべてを見せておく必要はある。

「お義父さんにデザート美味しかったですって伝えてくれる？」

「わかった。——隆嗣です。今日のことで報告があります。折り返しお願いします。それから弥尋がデザートが美味しかったと言ってました」

「もしかして留守番電話？」

「まだ接客中なんだろう。弥尋君の名前を吹き込んだから、手が空き次第折り返しがあるはずだ」

「忙しいんだね、お義父さんもお義兄さんも」

会社の社長や会長というのはふんぞり返っているイメージが強くあった弥尋だが、三木と知り合って上流社会に足を踏み入れてみれば、忙しく動いている姿も見えてくる。三木父や祖父は、暇があれば弥尋に構おうとするプライベートな面で接する方が多いものの、大きな会社を支えて立つ人間としての、風格は確かにあるのだろう。

（滅多に見ないからわからないけど）

弥尋が見たことがあるのは、パーティで大勢の人に囲まれて厳格な顔つきで話をしている姿くらい。会社での仕事風景はまた異なっているに違いない。

カップにハーブティーを淹れて二人分をローテーブルに乗せた弥尋は、また三木の隣に腰を下ろし、熱い湯気を立てているカップに口を付けた。

「ちょっと熱いかも」

ちろりと出した舌は、

「消毒」

三木に舐められた。

「……消毒にならないと思うんですけど」

「気分の問題だから気にするな。それより弥尋君、こんなお茶は家にあったか？」

少し甘い香りのするそのお茶は、耐熱性の透明なカップの中で透き通った鮮やかな赤い色をしている。

「ハイビスカスティーです。ハワイからのお土産で貰ったんですよ」

「誰から？」

ハワイと言えばアメリカ。アメリカなら芽衣子だろうかと思ったが、

「ほら、いつも会う謎のお兄さんから」

「——ああ」

少し考え、該当する人物に思い至った三木はなるほどと頷いた。

二人の住まうレストRというマンションは隠れ家的な存在で、未だにマンション内にどんな人間がどれくらい住んでいるのかは把握されていない。管理会社である東條不動産がしっかりした会社なので、借主の身元は確かだろうと信頼しているために、探ることはしていないが、足を付けて生活を営んでいるのは自分たちだけではなかろうかと、たまに考えてしまう三木で

もあった。

　そんなマンション住民の中で、唯一、顔見知りになり言葉を交わす機会を持っているのが、弥尋曰くの「謎のお兄さん」。仕事時間もまちまちで、朝帰りも多く、最初はホストではないかと考えていた弥尋だが、ホストにしては朝に会っても酒の匂いもしなければ、スポーツクラブに通う健全さとおそらく収入も持っている。

　だから「謎のお兄さん」なのだが、そんな怪しさ満載の相手に対し、警戒心は最初から抱いていない弥尋のことを相手も気に入ったのか、会うたびに何かと気に掛けて貰っているようだ。

　三木としては、自分の知らないところで弥尋が他の男と仲良くしているのは面白くないが、弥尋が楽しんでいることもあり、何とか度量の広さを見せることは出来ていた。

「この間、ハワイに行ったからお土産だって貰ったんです。ティーバッグに入ってるのと、それからお湯を注いだらハイビスカスの花が開くのがあって、今淹れたのはティーバッグの方。今度は花が開くのを淹れてあげますね」

「土産にお茶を選ぶのは気が利いてるな」

「でしょう？　ハワイ帰りの人って大抵マカダミアナッツ入りのチョコレートだから、お茶を貰えて嬉しい」

　何でも美味しく食べる弥尋だが、肌質に合わないのかナッツ類だけは敬遠する。以前友人の土産に貰ったナッツ入りのチョコレートは、外側のチョコレートだけを食べて中身を出すという技でもって食べ終えることは出来たが、行儀が悪いと実家の両親や兄たちには不評で、でもチョコレートは食べたい弥尋にとって、ハワイ土産は一種の賭けでもあるのだ。

「でもまだ名前、教えてくれないんですよ」

「それはまあ……」

　それに関しては仕方がないかとも思う。隠れ著名人が住んでいる可能性もあるのだ。謎のお兄さんが有名人なのかどうかはさておき、内緒にしておきたい気持ちはわからなくもない。

「だからもっと親しくなって、名前を教えて貰うのが当面の目標なんです」

「早く教えて貰えればいいな」

顔を合わせる程度の相手だが、互いに認識している上に、一度は弥尋と甥の千早（ちはや）の危機を救って貰っている。あの時、謝礼をしたいと申し出た三木は、彼らの世話役のような男に丁重に辞退されていて、結局三木自身も彼らの素性を知らないままだ。

今のところは何の問題もないから気にしてはいないが、今後弥尋と彼らが接近するようにでもなれば、嫌でも知ることになるのかもしれない。

「ねえ隆嗣さん」

「どうした？」

「思ったんですけど、あの女の人、あれで諦めると思いますか？」

唐突な話題転換に目を見開いた三木は、小さく嘆息した。

「鋭いところをついてくるな」

「何だか思い込みが激しそうな人だったから」

「いや、私も同じことを考えていた。あの思い込みがどこから来るのかも気になるし、その点も含めて、父には相談するつもりだ」

「お義父さんなら何とかしてくれそう？」

「あれでも権力者だから、遠縁の誰かが絡んでいるのならきっちりとかたを付けてくれるはずだ」

「おじい様もおばあ様もいるし、安心だね」

「だから弥尋君も不安に思うことはないからな。私や家族が守るから」

「その点はお任せしています。でも隆嗣さんが危険な目に遭ったら俺も黙ってないから気を付けてくださいね」

「心に留めておくよ」

「それで、あの人は結局どういう人なんですか？　トウカ銀行の関係者って芝崎が言ってたけど」

「うろ覚えだが、トウカ銀行の頭取の姪か、それに近しい間柄だったはずだ。ただ、うちとは取引がないから直接的な付き合いはない」

「でも向こうは隆嗣さんを知ってましたよね？」

「ああ。だが本当に私は彼女と直接の面識を持った覚えがないんだ。だからどうして彼女があんなことを言い出したのかわからない。いや、一つだけ心当たりがないわけでもないんだが……」

「なんですか？」

「見合いだ」

「見合いって……あっ、もしかして去年ずっと見合いで困ってるって言ってたあれですか？」

「私が知らずに向こうが知っているだけなら、それしか心当たりらしい心当たりはない」


去年、親戚による見合い攻勢に閉口した三木が実家を出てホテル暮らしだったのはまだ記憶に新しいが、見合いそのものは以前から持ち込まれているものだった。もっとも、三木は釣書に目を通すことなく、中を検めることなくすべて突き返していたから、どんな話が持ち込まれていたのかは知らないし、おそらく実家の両親に尋ねても同じ返答が返ってくるだろう。

よい年齢をした大人の結婚の世話までする気は、両親にはない。芽衣子の台詞ではないが、兄の雅嗣の見合い結婚の破綻は、それだけ三木家に拒絶反応を起こさせるほどのものだったのだ。

「ただ、留学していたと言うからには二年くらい前に断った話の可能性はあるが、どうやって断ったかまでは覚えていないな」

それでも桐島麗華は三木と結婚出来ると信じ込んでいた。

妄想なのか、それとも第三者が出まかせを伝えたのか。

「言いたくはないが、おそらくは親類縁者の誰かだろう。調べればすぐにわかると思う」

「桐島さんに断るために、隆嗣さんが約束したって嘘ついたってこと？」

「断る口実にした可能性は高いな。まったく……余計なことをしてくれたものだ。結婚などする気がないとそのままを伝えればいいものを」

「それか、あの人の方が聞く耳持たなかった可能性もあるよね」

「たとえそうだったとしても、公の場で事実とは異なることを口にするのは感心出来るものじゃない」

感心しないどころか、顰蹙（ひんしゅく）ものであり、名誉毀損で訴え出られても文句は言えないだけのことを彼女はしてしまった。三木屋という大きな会社を背負って立つ人物に対して、桐島側からの一方的な言いがかりは、事情を知らないものから見れば、三木が彼女を騙していたと受け取られたとしてもおかしくはない。

そのことによって傷が付くのは三木であり、三木グループなのだ。

「聞いてた人たちはどっちかというと隆嗣さんに同情的だったように見えたよ」

動揺はしていたが、弥尋は周囲の反応はきちんと読んでいた。

「だが全員じゃない。弥尋君」

三木は弥尋の頬を両手で挟んで自分の方へ向けさせた。

「もしかしたらこの件で何か動きがあるかもしれない。誰かから何かを言われるかもしれない。そんなことがないように、早急に手を打つが、口さがない連中やゴシップ好きの記者たちもいないとは限らない。何かあったら隠さず私に話して欲しい」

「記者たちって……新聞に載る可能性もあるってこと？」

「新聞ではなく週刊誌に載せるネタとしては十分な条件を満たしているからな。あの場にいた記者にはクレアムの社長から釘を刺しておいて貰わないといけない」

新製品お披露目の会場には記者もいた。彼らがすぐさま記事を起こす可能性も無視出来ない。

「クレアムには祖父から連絡を入れて貰おう」

「なんだか大ごとになって来たみたい」

弥尋は嘆息した。

「不安か?」

「不安と言えば不安だけど」

弥尋が不安に思うのは別のこと。

「隆嗣さんが俺以外の誰かと嘘でも噂になるのは嫌だなあ」

「記事になどさせないさ」

三木は優しく、しかし強く言った。

今日の出来事に関しての説明ははっきりとすることが出来る。その上で、相手に対して訴え出ることも辞さない。

弥尋に悲しい顔をさせたというそれだけで、桐島麗華は三木の中で許すことの出来ない存在へと変わっていた。

「あの人、ホント、変な感じだった。胡散臭い(うさんくさい)っていうか嘘くさいというか」

どうも今一つ、一致しないのだ。彼女の言動や行動が。

大人しく清楚な外見ではあった。口調も興奮するとやや早口できつくなる傾向はあったが、そこまで崩れたものではない。あの場で涙の一つでも零して訴えれば、周囲は彼女に同情してしまい悪者になったのは三木の方だったかもしれない。

だからこそ感じる違和感。

「本当に噂通りの大人しい人だったら、あんな公衆の面前で自分の恥になるかもしれないことを言うはずないと思うんですよね」

それなのに、敢えて大勢の人がいる前で自分は三木隆嗣の婚約者だと告げた。

弥尋と入籍していた事実があるからよかったものの、もしも気弱な男ならば、あんな風に女性から言われれば事を荒立てたくないばかりに、内密に事態を収めようとその場でおざなりな対応をしてしまうかもしれない。

三木だから毅然とした態度を取れたが、それは彼女にとっては誤算だったのではあるまいか。確かに美人と言える部類には入る容姿をしていたように思える。公の場で女性からのアプローチは断りにくいと考えての行動だったのだとしたら、なかなかしたたかな女性ではあるまいか。

「――あくまでも俺の想像でしかないんだけど、でもそう考えた方がしっくりくるから」

「なるほど。確かにその線も捨てきれないな」

「あくまでも想像だから、そこのところを間違わないでくださいね」

清楚な美人の実態がどうなのか。

果たして彼女がこれですんなりと諦めてくれるのか。

今のところ、諦めない確率がとても高く思えるのは、不安材料の一つだ。

「だが、もしも彼女が女を武器に迫って来ても、私には愛する人がいるのだから、どうもなりようがない」

「うん」

それは弥尋も十分わかっている。そうでなければ男同士、覚悟を決めての入籍などしやしない。これから先の人生を共に歩く伴侶なのだから。

「私は別にフェミニストでも何でもない。何を優先すべきかはちゃんとわかっている」

その上で、再度何かを仕掛けられた場合には、たとえそれが一万人の前だろうとテレビカメラの前だろうと、きっちりと自分にとって何が大事なのか伝える心積もりはある。その結果、桐島麗華が泣こうが喚(わめ)こうが、三木にはどうでもいいことなのだ。弥尋だけ、弥尋を泣かせないことが、三木にとっては最優先しなければならないことなのだから。

義父から電話があったのは夜になってからで、その頃にはもう三木が話すよりも先にクレアム側から清蔵の耳に話が入れられていた。他にも、同じ会場にいて目撃した知人や馴染みの記者からも桐島がしでかしたことについて知らされており、

「弥尋君は大丈夫なんだろうな」

真っ先に確かめたのが、嫁のご機嫌だったのはさすが父というべきか。

「大丈夫です。あの場には弥尋もいましたが、正確に流れを読んでいますから。ただ、桐島の娘の行動は少し厄介な気もしますから、対応をお願いしたいと思って」

告げた三木に清蔵は、

「とにかく明日、弥尋君を連れてうちに来い。じいさんとばあさんにも話が通っているから、もう少し詳しい情報が手に入るはずだ」

「わかりました」

弥尋のことが絡んでいるだけに、普段は寄りつきもしない実家への帰宅も、今回ばかりは素直に受け取るのが最善だ。家に帰る前にはおそらく手を打ち、桐島の動向を探らせているだろうし、銀行関係であれば父よりも祖母方の親戚から手を回して貰った方がガードも緩い。

弥尋にもしものことがあれば……。

それが皆が危惧する一番大きな理由でもある。

白金にある三木の実家には祖父母も来ており、ひとしきり弥尋と感動の対面を果たした後は、大人たちはテーブルを囲んで持ち寄った状況の整理に努めた。

桐島麗華、二十六歳。二年前、イギリスに留学するために渡英、今年三月末に帰国している。

祖母が言う。

「留学の理由は体面上は語学研修みたいだけれど、本当は違うらしいわ」

祖母の繋がり、政財界を通して入手した話は、表側ではなく裏側、つまりは「本当」の内容を伝えていた。

「二年前に隆嗣から見合いを断られて、自殺未遂を起こしたらしい。おいこら待て隆嗣、睨むな。言いたいことはあるだろうがまずは話を聞きなさい。それで対面を慮ったトウカの頭取が留学という形を取って外国に追いやったというのが真相のようだ」

「私は見合いを受けた記憶はありませんよ」

「見合いの席で断ったのではなく、見合いそのものを蹴ったらしいぞ」

「……ただそれだけで？」

「ああ。だから頭取も処置なしと踏んだらしい。当てつけのつもりか、そうすることでお前の関心を引くのが目的だったのかもしれんが、とにかく自殺未遂を起こし、失敗に終わった。しかも同情を引く予定が、肝心の隆嗣にまで話が届かないまま、イギリスへ追い払われてしまった」

そして、帰国した暁にはその前の段階からやり直そうと時機を狙っていたのだと言う。

「そのお断りの時に、結婚する気がないとはっきり伝えていればよかったのだろうけれど、お断りの常套句で返したものだから、自分には一切非がないと思っていたらしいの」

分不相応な話だからお受け出来ません。

婉曲的な断りの表現は、どこでも使われるものだ。

しかし、ちやほやされて育ってきた桐島麗華は、文字通り三木が遠慮したと思ったのだろう。断る際に、仲人を気取っていた親族のものがまた余計なことを言っているのも拍車を掛けていた。

「隆嗣さんもとても残念に思っていらしたんですよ。留学から帰られる頃には、出向先の会社で隆嗣さんも落ち着いていらっしゃるでしょうし、お似合いのお二人になりそうですわ」

と。

実にいい加減な持ち上げぶりだ。しかし、それが桐島麗華の自尊心を持ち上げ、自分は三木隆嗣に選ばれた人間だと思ってしまった節がある。

自分こそが三木の妻にふさわしい。自分こそが妻なのだ、と。

その彼女にとって、今一番邪魔なのは言わずと知れた弥尋である。

「弥尋のことは知っているんでしょうか」

「知らない可能性もあるが、知っていると考えた方がいいだろうな」

先日のクレアムでの騒ぎも、やはり故意に弥尋の背を押したものがいた。しかも直前に桐島麗華と同行してホテルに入る姿が目撃されているから、わざと弥尋を狙ったとしか考えられない。招待状はすべて本物だったが、別の筋から入手した可能性も高いため、現在誰が彼女に招待状を譲渡したのかも照会中だ。

「そうですか……」

それならば、弥尋には護衛を付ける必要がある。

三木の隣は自分のものだと傲慢に言い放つ麗華にとって、三木の伴侶たる弥尋の存在は、絶対に受け入れられるものではないはずだ。

「トウカの頭取にはわしから話を通しておこう。弥尋君に害が生じないよう、わしらも手を打つが、隆嗣」

「わかってます」

弥尋の一番近くにいて守ってやれるのは夫である三木だけだ。精神的な不安も煽られるかもしれない。そんな不安を散らせるのも三木だけ。

弥尋を溺愛する父や祖父の心配は、三木の心配でもある。親子三代、弥尋のためとあらば、いくらでも一致団結出来るのだ。


その頃、某マンションの一室にて。

「倒れられたそうで、大丈夫ですか？」

「ええ。心配かけてごめんなさい」

「いえ。いくらでも心配させてください。貴女のためなら僕は何でもして差し上げます」

「ふふ、そんなこと仰らないで」

「本当です。それにしても心労だなんて……本当に繊細な方だ。心配事がおありなら、遠慮なく僕に話してくだされればよいものを」

「私が弱いだけですもの」

「……」

「でも、そうね、少しだけ話を聞いてくださる？」

「もちろん。僕に出来ることなら何でもします。貴女の力になれるのなら」

「そう言っていただけると嬉しいわ。――私、お慕いしている方がいるんです」

「……三木家の次男でしたか」

「ええ。でも三木様には――」

――。

「――そうですか。貴女を悲しませているのはその男なんですね」

「私、あの方の隣で花嫁衣装を着るのが夢でした。でもそれも夢のまま終わってしまいそう……」

「あぁ泣かないで、泣かないでください。貴女に泣かれると僕はどうしていいかわからなくなってしまう。安心してください。僕が何とかいたします」

「はいはい。しかし、あんたに目を付けられた相手は気の毒だな」

「ふん。私の邪魔をするから悪いのよ」

「そのためには手段を選ばないあんたも随分悪い女だと思うが？」

「あら、悪女ってそういうものでしょう？　私が妻の座に収まったら、あんたにもいい思いをさせてあげるんだから、しっかりおやりなさい」

「はいはいお嬢様」

一時間後、某ホテルの一室。

「まったく忌々しいったらありゃしないわ。どうして思い通りに行かないのかしら」

「思い通りに行くはずだったんですか？」

「ええ。そのつもりで大人しく留学までしたというのに、帰ってき来たら何、あの男。まだお子様じゃないの。それなのにべったりくっついて。しかも一族に認められているって言うじゃない。どういうことなのかしらね、これは」

「俺に訊かれてもわかるわけないでしょうが。で、それはいいとして、お嬢様は何をお望みなんだい？」

「決まってるじゃない。私、察しの悪い男は嫌いよ」

それもないことから完全な悪戯だと考える方が合点もいく。

受話器を置こうとした弥尋は、ふと考えそのままの状態で電話機の横に伏せると、棚に並んだファイルの中から電話機の取扱説明書を取り出した。

「着信拒否の設定、と」

ディスプレイに表示される見知らぬ番号や事前に登録されていない電話は繋がないように設定する。

元からあまり固定電話の方へ着信があるわけではないため不便と言うほど不便にはならないはずだ。

「隆嗣さんには報告しなきゃね」

何かあった時に掛かって来る可能性が高いのは三木の会社からのもので、代表電話以外に幾つもある番号から掛かってきた場合、今の設定では着信拒否されてしまう。番号登録の上で、緊急の場合は携帯電話に掛けて貰うか、それとも他の方法を取るかを三木と相談しなければならないだろう。


週末のクレアム社のパーティから数日経った頃から、弥尋は異変を感じていた。

「——また無言……」

弥尋は受話器を持ったまま、眉を寄せた。

これでもう何回目になるだろうか。週明けの月曜の夕方から掛かり始めた無言電話は、弥尋が受話器を取ってしばらくすると、何も言葉を発することなくぷっつりと切られてしまう。最初は間違い電話かと思い、何度か話しかけてもみたのだが、反応がないのは変わらないまま、唐突に切られてしまうのだ。だから電話の向こうには誰かがいるのはわかっていても、反応がなければ返しようもない。

ファックスの掛け間違いだろうかとも考えたのだが、それならファックス特有のピーという音が鳴るはずで、

携帯電話は最初から登録ナンバー以外は拒否するよう設定されているために問題はないのだが、

「もしかして、携帯にも掛かってたのかな」

悪戯が目的だとして、固定電話の番号をどうやって知り得たのかも問題だし、ランダムに抽出した番号へ掛けているだけなら問題はないのだが、住人をターゲットにしているのであれば、話は違ってくる。

弥尋に対するものか、それとも三木への悪戯なのか。どちらにしろ三木に相談して決めなければならないことに変わりはない。


帰宅した三木と一緒に夕食を取った後、無言電話の話をすると、穏やかだった三木の表情は途端に険しく変化した。

「――いつからだ？」

「月曜の夕方。その時は続けて二回掛かってきた後、もう掛かって来なかったから間違い電話だろうと思ったんだけど」

昨日今日と同じような時間帯にまた数回掛かって来れば、間違い電話とは考えられない。間違いなら間違いで、昨日までは弥尋が声に出して応対しているのだから、何らかの反応を返せばよいのだ。それがないとなれば、悪戯の可能性がぐんと上がる。

「暇なことする人もいるもんだね。料金だって課金されちゃうのに」

受話器を上げなければ料金は発生しないが、その都度取っているのだから無駄金を捨てていることになる。しかし、三木が気にしているのはそんな小さなことではない。

「私はそんな電話は取っていないぞ」

「隆嗣さんが帰って来る前だからいつも」

「弥尋君がいる時間か？」

「たぶん。もしかしたら昼間も掛かって来てるのかもしれないけど、会社だったり学校だったりするでしょう？　俺が帰って来るのが五時や六時くらいだから、それから隆嗣さんが帰って来る間に掛かって来ることが多いと思う」

まだ三日しか様子を見ていないが、パターンは大体固定しているのではと弥尋は考えている。

「そうか」

考え込んでいた三木は、顔を上げるとまずは履歴を表示させ、弥尋が言った通り、夕方の時間帯に電話が集中していることを確認した。

「ファクスだったら白紙ファックスが大量に送られてくるところだったな」

「白紙ファックスってありなんですか？」

「メモリ受信の設定だとメモリがいっぱいになる」

三木の仕事の関係上、ファックスが送られてくることも多い。電子メールやサーバー上でのやり取りが主流になりつつある現在でも、即時視認性のある「紙データ」としてファックスは現役として十分に使われているのだ。

そのために、ファックス専用機を三木の私室に設置しているが、そちらに不要な着信があった形跡はなく、自宅電話だけに掛けられて来たものだと判断出来た。ファックスと電話の番号は局番から違うため、よくある一番違いだったらファックスと間違った可能性はあったかもしれないが、まったく違うとなれば最初から電話が目的だとしか思えない。

「どちらにしろ、うちの電話番号がどこから洩れたかが問題だな」

弥尋の学校や三木の会社以外では身内しか知らない。他は携帯電話で事が足りる上、滅多に掛かって来るものではないからだ。身内でも、掛けて来るのはもっぱら義父だったり祖父だったりが主で、弥尋の実家からはほとんどない。

一番可能性として高いのは弥尋の学校関係だが、昨今では個人情報の保護を謳い文句に緊急連絡網を作らないばかりでなく、電話番号や住所は非公開にされているケースがほとんどだ。大学では最初の入試の書類以外には記載して提出するようなものはなく、大学で知り合った友人に教えるのであれば携帯電話になるはずで、それすらも教えていないのだから、漏れようがない。

「ランダムに抽出して掛けている可能性もあるが、おそらくは狙って掛けて来てるんだろう」

「やっぱり悪戯目的で?」

「悪戯か嫌がらせか。弥尋君、電話の向こうは無言だったと言ったが、本当に何の音も聞こえなかったか?」

「覚えている限りではないと思う」

「ハァハァという息づかいや変な声も何も?」

「うん」

三木は明らかにほっとした顔になった。

「よかった……。それならまだ嫌がらせの可能性の方が高い」

「……もしかしてハァハァって……」

それはもしや巷でよく聞く、「ワイセツ電話」ではなかろうか。電話口の相手に対し、

「奥さん、今日のパンツは何色?」

「昨日どんな体位でセックスした?」

などと話しかける、いわゆる本当の「イタズラ電話」……。

「それはないですよ隆嗣さん」

「いや、わからないぞ。弥尋君を見初めた誰かがいないとは限らない」

「だから、電話ではそんなことは言われないし、ハァハァも言ってません」

そんなことがあれば、初日から三木に報告している。

「だが、今後ないとは限らないからな。登録ナンバー以外からは着信拒否を」

「もう設定しました」

「それならひとまずは妙な電話に悩まされることはないな」

だが、問題はそこではない。変態電話はまだ意図が明らかだが、無言電話となると相手が何を目的にしているのかわからない。嫌がらせだとは思うのだが、

「弥尋君」

「はい」

「おそらく、ターゲットは弥尋君だろう」

「俺？」

「私が在宅の時に掛かって来たことがないのを考えると、それが一番しっくりくる」

三木にとって一番腹立たしい理由だ。

「指定着信拒否使っていればまず問題はないだろうが、発信元の特定はさせよう。自宅電話が使えないとなると、携帯に掛かって来るかもしれない。前から言っているように、弥尋君も知らない番号には絶対に出ないようにしなさい」

「はい」

普段から滅多に使うことのない携帯電話なので不便ということは感じない。三木とお揃いの電話と三木父からプレゼントされた携帯電話と二つを合わせても登録件数はさほど多くはない。

「あ」

そこで弥尋は思い出した。

「弥尋君？」

しまったという顔で視線を彷徨(さまよ)わせた弥尋は、どうしようかと考えた後で思い切り威勢よくぺこりと頭を下げた。

「ごめんなさい、隆嗣さん」

「何か謝らなければならないようなことでもしたのか？」

「そんなわけじゃないんだけど、実は……お義父さんから貰った携帯電話があるんです……」

今更何を……と言おうとした三木は、すんでのとこ

ろで思い止まった。

　弥尋はまだ二つ目の携帯を持っていることを三木が知らないと思っているのだ。実際にはとっくに知っている三木だが、とりあえず知らなかったふりをするのが夫婦の間を円満のまま保つ最善の策だろうと、素知らぬふりをすることにした。

「入学式の後で貰ったんです」

　弥尋は父から貰ったピンク色のスマホを三木に差し出した。慣れた操作で履歴を表示させた三木は、その履歴の多さに素で驚き、そして呆れた。

「あの人は……」

「でもね！　結構便利なんだよ。それにほとんど優斗君とお喋りするのに使ってるだけだし、それだって毎日っていうわけでもないし」

　わかってはいたが、自分の知らないところで父親と弥尋が喋っていたというのは、癪（しゃく）に障る。

「ごめんなさい。やっぱりいけなかった？」

「……いけないわけではない。いや、弥尋君に怒っているのでも腹を立てているのでもないんだ」

　三木は弥尋を腕の中に囲い込んだ。

「自分の狭量さを自覚したところだから、気にしないでいい」

「うん？　怒ってないならそれでいいけど。携帯はこのまま使ってもいい？」

「駄目と言っても使うんだろう？」

「隆嗣さんが絶対駄目って言ったら使わない。でも出来ればこのまま継続して使いたいんです。優斗君ともお喋り出来るし、メールとかメッセージも送れるから」

　自分の携帯で優斗とお喋りしてもいいのだが、「自分専用」の電話から弥尋が電話を掛けて来るのが優斗には嬉しいらしく、小さな子供の楽しみを取り上げたくない。三木も甥を悲しませたいわけでもない。

「そっちも登録されている？」

誰が登録ナンバー以外は着信拒否しておこう。

「優斗君とお義父さんとおじい様とお義兄さん」

兄以外は見事に弥尋ファンだ。

「それだけなら簡単だな」

「携帯にも掛かって来ると思う？」

「掛かって来ても固定電話よりも拒否は簡単だから電話が鳴ることはない。メールも同じ設定だろう？　それなら大丈夫だ」

今の進歩した機器だと容易く相手を排除することが出来るのは利点だ。

翌日には早速三木は知り合いのＩＴ系のセキュリティ会社に連絡を入れ、発信元の追跡を行った。

結果としては見事に公衆電話ばかりで犯人を特定することは出来なかったが、どれもが都内や近県だったことを考えれば、顔見知りの犯行の可能性が高いということで意見は一致した。

無言電話はなくなったものの、それ以外が平穏だったかといえばそうとばかりも言っていられなくなってしまったのは、固定電話に掛かって来る番号を制限した翌々日のこと。

いつものように朝、メールポストまで新聞を取りに行った弥尋がそれを見つけた。

「……手紙？」

長袖Ｔシャツとスウェットの上に薄手のカーディガンを羽織っただけの恰好で、寝癖が付いたままの頭を捻っていると、

「おはよう」

入り口から入って来たのは、謎のお兄さんだった。

「おはようございます。今お帰りですか？」

「おう。徹夜で仕事だったんだ。もう眠くて眠くて」

今日はいたってシンプルなデニムの上下で纏めた彼は、話す傍から欠伸を連発している。

「御苦労さま。早くお部屋に行って寝た方がいいですよ。目が開いてないです」

「んん、部屋まで戻るのがダルイ」

「あとちょっと我慢すれば柔らかくてあったかいベッドが待ってるんだから頑張って」

「おう」

言いながら弥尋と二人でエレベーターの中に入った青年は、弥尋が手にした封筒を指差した。

「ラブレターか？」

「たぶん違うと思います。朝見たら入ってたんです」

「それさ、切手が貼られてないぜ」

「ですよね。直接持って来たのかな」

ダイレクトメールの類だろうかと思ってひっくり返すが、特に差出人の名前は書かれていない。

「おいおい」

青年は今は黒のままの長い髪の毛をわしわしと掻いて、弥尋の手から封書をひったくった。

「あのな、こういうのは簡単に触ったり開けたりしたらいけないんだよ。差出人の名前がないなんていかにも怪しんでくださいってもんじゃないか。おまけに宛名も三木様だけ。明らかにイタズラだろうが」

「これもイタズラなんですか？」

きょとりとした弥尋に、

「これも……？　これ以外にもあるのか？」

さっきまで眠そうな顔をしてエレベーターの壁に寄り掛かっていた青年は、今ははっきりと目を開け、弥尋を見下ろした。

「無言電話が掛かって来たり」

「いや！　いやいやいや、それは違うだろって！」

青年は血相変えて弥尋に詰め寄り、がしっと肩を摑んだ。

「あのなあ、これはもうれっきとした犯罪だぞ。無言電話に怪しい封筒、これで差出人不明の配達物が届けば立派に刑事事件になるぞ」

「差出人不明の花束なら昨日届きましたよ」

「……頼むから」

彼はがっくりと肩を落とし、溜息を吐いて懇願した。

「頼むから警察に届けてくれ」

あまりにも真剣に、そして哀願するものだから、弥尋はなんだか申し訳なくなってしまった。朝帰り、疲れて帰宅したばかりだというのに、さらに疲れさせてしまったようで、

「わかりました。きちんと対処するようにします」

「うん、それがいい。それからストーカーにも気を付けろよ。陰湿な攻撃をしてくるやつが、いつ直接的な行動に出ないとも限らないんだから。お前の旦那がいるだろう？」

「隆嗣さん？」

「旦那ならいくらでも手段が取れそうじゃないか。きっちり話して守って貰え」

「はい」

「俺もさ、こっちに帰って来なかったりするけど、見かけたら注意するようにするよ」

顔見知り程度の相手なのに、そんな風に言って貰えて、弥尋はふわりと笑顔を向けた。

「ありがとうございます」

「おう、どういたしまして。ストーカー対策には俺も慣れてるから、少しは力になれると思う」

謎のお兄さんに元気づけて貰った弥尋が家に戻ると、玄関先ではサンダルを引っかけた三木がちょうど出ようとするところだった。

「隆嗣さん、お出かけ？」

「いや、弥尋君の帰りが遅いから何かあったのかと思って迎えに行くところだった」

戻って来たのなら外に出る必要もなく、二人はリビングへ戻った。

そして新聞と一緒に怪しい封筒を渡す。

「こんなのが入ってました」

「……無言電話と同じ相手か」

中を開ければ空っぽで、妙な文字が切り貼りされた手紙や隠し撮りの写真が入っていないことにはほっと

したが、安心には程遠い。

「そこまではわからないけど」

「昨日、私が帰って来た時に覗いた時には空だったから、夜か早朝に投函したということだろうな」

つまりは家の場所まで知られているということだ。

オートロックなので中に入ることは出来ないが、他の住民と一緒に入って来られることがあっては危険極まりない。

管理人はいるが、常駐しているわけではなく、監視は監視カメラからのみ。異常が発生すれば警備会社から人が派遣される手配は出来ても、到着するまでには時間もかかる。

「実家に戻るか？　それとも白金か吉祥寺に行くか？」

「それって、このことが収まるまで？」

「オートロックや管理は完全だが穴がないわけでもない。ストーカーにしろ何にしろ、悪質な嫌がらせがあるのなら、一人で家にいる時間は少ない方がいいだろう」

こういう時、どんな人間が住んでいるのかわからないのはネックでもある。全員と顔見知りであれば、不審人物はすぐにわかるのだが、ある意味において一般的な生活を営んでいるレストR五〇三号室以外は、顔も素性も隠されている人の方が圧倒的に多いだろうからだ。

「父や祖父なら安心して任せられるし、弥尋君も多少落ち着くと思う。そうだな、吉祥寺の方が安全だろう。あっちの方が使用人も多いし、不審者が目立つ」

「隆嗣さんも一緒？」

「もちろん。私が一緒に行かなくてどうする」

狂喜乱舞する祖父や父の相手は正直面倒だが、弥尋の安全には代えられない。

「送迎も運転手にさせればいい。本当なら大学へも行かないでいてくれると嬉しいんだが」

「それは無理。単位落としちゃうもの」

「私が一緒に行ければいいんだが……」

本気で悩む三木に、弥尋はぷっと吹き出した。

「隆嗣さんが来たら、さすがに目立ちますよ」

「そんなに老けて見えるか？」

「ううん。姿だけならこれが新入生って言うような人もいるし、大学院に通ってる人とか若い先生たちもいるから混ざってもわからないだろうけど、俺が言ってるのは隆嗣さん、素敵だから目立つだろうってこと。そうなったらずっと二人だけで一緒にってわけにもいかないでしょう？」

弥尋に素敵だと言われた三木は大いに喜んだ。喜んだが、有象無象が近寄って来るのは困る。

（やはりボディーガードを付けるか）

弥尋には内緒にしてボディーガードを付け、瞬時に対応出来るよう手配をする方が早いかもしれない。

三木の頭の中では早速知り合いに依頼することが決定していた。

「それよりも隆嗣さん、早く食べなきゃ遅刻しますよ」

弥尋に急かされて時計を見れば、急いで支度をしなければギリギリになってしまう時刻になっていた。

「——急ごうか」

最初に贈られて来た花束は受け取ったものの、それ以外の送り主不明或いは心当たりのない荷物は、受け取りを拒否して丁重に引き取って貰った。警察にも届けをし、周辺のパトロールも強化して貰うよう手配を整えた。その上で、ボディガードを二人付け、大学での見守り体勢に入った。

「凄いのを連れてるな」

「やっぱり目立つ？」

「目立ちはしないが、学生の中にいるとやっぱり違和感はあるな」

学食で食事をする遠藤の視線は、隣のテーブルに背中合わせに座っている護衛の姿。

嫌がらせを受けていることは遠藤には話をしていた。何かあった時に対処が取りやすいことと、常に一緒にいる遠藤には護衛の存在も知らせておく必要があったからだ。それ以外には決して口外しないように口止めされている。誰が嫌がらせ犯なのかわからない以上、隙を作らせることもまた必要な措置であったからだ。

一応、威圧感溢れる大男や人相が明らかに学生に見えない年齢は外して貰ったが、学生に見えるかと問われれば「否」としか言えないのが現実だ。物語のようにカッコイイ護衛が守ってくれるという現実はそうはない。

「早く解決すればいいいな」

「本当にそう思う。俺も早く家に帰りたいよ」

三木の提案通り、弥尋たちは週明けの月曜から、吉祥寺の祖父母の家に居候している。白金の三木家でもよかったのだが、あちらは人数が多い上に何かと父が弥尋に構いたがるため、まだ比較的静かな祖父宅を選択したのである。

その時の父の猛抗議ぶりには、三木は溜息の連続だった。しまいには泣き落としをしてまで弥尋を自分の家に住まわせようとするのだから、これがよい大人のすることかと、こちらが泣きたくなってしまったくらいだ。

弥尋と毎朝毎晩携帯で話をするのを約束することで諦めて貰ったが、電話もさることながら、メールも頻繁に送られて来て、

（お義父さんって、ちゃんと仕事しているのかな）

などと弥尋に思われていることを、浮かれている本人は知らない。

そうこうしていると、携帯が振動した気配がして弥尋はバッグからピンク色の携帯電話を取り出した。

「電話か？」

「ううん。メッセージだった。お義父さんからの定期便」

開くと今日の昼食は取引先の接待で食べたもので、仔牛のフィレステーキが絶品だったから今度一緒に食べに行こうと書かれていた。

「ステーキが美味しかったんだって」

「昼からステーキか？　豪勢だな」

「接待での外食が多いから、コレステロールやカロリーに気を付けないといけないって気にしてたよ。昼間からステーキはちょっとあれだよねえ」

食べたくないとは言わないが、胃にもたれそうだ。

是非連れて行ってください。今日のお昼は学食でカツ丼です。

それだけ打って送信すると、弥尋はまたバッグに携帯を仕舞い込んだ。

「最近はそっちの電話なのか？」

「というよりも頻度の問題かな。いつもの方のスマホに届くのは家族からのメールや写真とかが多くて、それ以外は隆嗣さんからの連絡にしか使っていないから」

それより今は弥尋を心配する三木父からの安全確認を方便としたメールや優斗とのやり取りに使う頻度の

方が遥かに高い。

「それならいいんだけどな。三木が食欲が落ちたとか、元気がないとかじゃなくてよかった」

「ありがとう心配してくれて。今のところは大きな害はないから平気」

「力になれればいいんだが」

「気持ちだけ貰っとく」

流石に吉祥寺にまでイタズラ電話が掛かって来ることはなく、行き帰りは、祖父宅の運転手森脇による送迎付きで、ちょっとしたお大尽気分を味わっている弥尋は、半分開き直っていた。慣れない生活ではあるけれど、自分が守るべきところはしっかり守らなければ、周囲が迷惑するとわかっているせいでもある。

それが仕事とは言うものの、退屈な大学の講義にまで付き合う護衛たちには頭も下がる。解決した暁には、費用の問題ではなくきっちりお礼をしようとも思っている弥尋だ。

そんな会話をしている中、

「久しぶりだな、三木」

「芝崎先輩」

学食にふらりと姿を見せたのは芝崎巳継で、サイコロステーキ定食の乗ったトレイを弥尋の前に置いて、腰を下ろした。

「なんだ、もう食べ終わるところなのか。早かったんだな今日は」

「講義が少し早く終わったんですよ。おかげで食堂のラッシュに巻き込まれないで済みました」

「そりゃあ幸運だったな」

「先輩は遅めですね」

「ああ、ゼミでの話が終わった後、後輩たちと喋ってたから。三木がいるならもっと早くに切り上げてくればよかった」

「早く来ても変わらないと思うんですけど」

一方的に巳継が話しかけるだけで、特に弥尋の側には彼と話をしたいという気はないのだが、新歓コンパ以来、何が楽しいのかわざわざこちらのキャンパスに来てまで話しかけて来る巳継にも大分慣れてきた。

「いや目の保養」

真顔で言いきる巳継に、何と返したものか。

「女の子たちにしょっちゅう取り囲まれている人が何を言いますか」

「あれはあれでいいもんだけど、すっぴん美人は癒しになるし、心の洗濯出来るし？」

「すっぴん美人って俺のこと？」

「他に誰がいる？　三木っていいよなあ、本当に癒し。ああ、持って帰りたい。一家に一人いれば何にも言うことないのに」

大袈裟に溜息を吐いた巳継だったが、すぐに背後に圧し掛かる影にげっとうめいた。

「奇遇ねえ、芝崎巳継君。私もおんなじこと言った記憶があるわ。あんたと同意見なのは嫌だけど」

巳継の背中を肘でどんと押した酒巻は、サンドイッチと野菜ジュースの入ったパックを持って巳継の隣に座った。

「三木君、芝崎の話なんて八分どころか三分も聞かなくていいからね」

「酒巻先輩、かっこいい……」

「そお？　ありがと」

にこりと笑った酒巻は、じろりと隣を睨みつけた。

「三木君で癒されたいのはわかるけどね、さっきからアンタを捜してる人がいるんだけど」

巳継は鬱陶しそうに顔を上げた。

「誰ちゃん？」

「誰ちゃんじゃない、ヤローよヤロー」

「なんだ男か」

それでまた食事を再開し始めた巳継の頭に酒巻の拳骨が落ちる。

「いいから行って来なさい、急ぎの用があるみたいだったよ。外部の人じゃないの？　スーツ着てたし、学生には見えなかったから」

「スーツ？　あ、ああ……もしかしてあいつか」

巳継は心底鬱陶しげに前髪を掻きあげると、うーんと唸りつつもトレイを持って立ち上がった。

「なに？　実家の関係者？」

「んにゃ。知り合いの知り合い。三木君と離れるのは辛いが、仕方ない。行ってくるか」

面倒くせぇとぶつぶつ言いながら巳継が学食から出て行くのを何気なく見送ったガラス窓の向こうでは、出て来た巳継に駆け寄る若いスーツ姿の男がいる。何やら巳継に文句を言っているように見えないこともなく、三人は揃って首を傾げた。

「なんか芝崎先輩と接点なさそうな感じの人ですよね。お坊ちゃまっぽい？」

弥尋が抱いた感想はそんなものだったが、酒巻と遠藤の目には違うシーンに映っていたらしい。

「彼女を取られた男が殴り込みに来た、ってのはどうよ、遠藤君」

「紹介した女から振られて文句を言いに来たっていうのもありそうですよ」

「じゃあ、ホストクラブの雇われ店長が、先月限りで辞めてしまったナンバーワンホストの芝崎君を店に引き留めようと懇願しに来た」

「金を貸した相手が支払いの延期を頼んでいるのかもしれません」

「借りる側じゃなくて貸す側っていうのがツボだわねえ」

「……二人とも辛口だねえ」

「芝崎だもん、女性関係のトラブルは珍しいものでもないのよ。前も他の大学の学生に殴られそうになったこともあるし。三木君に悪い影響を与えないように注意しなきゃ」

「それは是非ともお願いします」

「任せて。三木君ファンは上級生にも多いから、しっかりと芝崎の毒から守ってあげるわ」

女性に守って貰うのはどうなんだろうと弥尋は思ったが、確かに酒巻や彼女の友人らを見る限り、精神的にかなり逞ましい人が揃っている。

彼女たちを前にしては、さすがの巳継も尻尾を巻いて逃げ出すかもしれないと思い、その光景を思い浮かべてくすりと笑う弥尋の表情を見て、学食にいた人間の多くがドキリと胸を震わせたのは言うまでもない。


午後の最初の講義を終えた弥尋は、次の講義場所まで建物の中を遠藤と二人でゆっくりと移動していた。学内の中庭に面した場所では、サークル勧誘のためのデモとして音楽系サークルが日替わりで野外ライブを開催しており、その声や音は離れた建物の中にも聞こえて来る。

「まだ少し時間あるね」

「どこ行くんだ？」

「……トイレ」

「……待ってるから早くしろよ」

「はあい」

だが入ろうと思ったトイレは清掃中の札が掛けられ、中で作業している姿が見えたため、

「二分で終わる」

弥尋は少し考え、すぐ横の階段を一階下まで降りた。そしてトイレで用を足した弥尋がちょうど出て来たところで、携帯電話にメッセージの着信があったことを知らせる音が鳴った。いつもはメッセージアプリだが今日はメールらしい。

「優斗君だ」

中を開けば、

「きょうおとまりします」

と書かれている。優斗の名前で送られてくるメールの代筆は義父母か義兄で、彼らは優斗の言う通りに文字を打って来る。

「どこにおとまりですか？　ひいじいちゃんのおうちですか？　——と」

送るとすぐに返事が来た。

「そうです。やひろくんといっしょです。おかしをもっていくよ」

可愛らしい幼児とのやり取りは一回では終わらず、何度も文章を送ることになるが、その手間のかかる交信も、優斗が一生懸命弥尋に自分の言葉を伝えたがっていると思えば、楽しみでもあった。すぐに返事が出来ない時には「あとからおへんじするね」と書けば、ちゃんと優斗は待っていてくれる。

隣に誰か大人がいるのなら、弥尋が講義を受けていることは説明してくれるだろうし、今日吉祥寺に来るのなら、その時にお喋りをしてもいい。もしかしたら、迎えの車に乗って一緒に向かうのかもしれない。

いたいけな幼児が相手では強く出られない——だが時々は対抗する三木には、ちょっとばかり面白くないかもしれないが、弥尋は純粋に優斗に会えるのを楽しみにしていた。

その意味を込めて、返事を打っていたのだが、

「ありがとう。まっ——っ！」

打ち込む途中で急に鼻に押し当てられたものに、ふっと意識が遠くなる。

カラン……というのは携帯が床に落ちた音だろう。倒れ込む寸前、誰かが自分の腹に腕を回し、支えてくれた気がする。

弥尋が覚えているのはそこまでだった。


同時刻の白金。

「おばあちゃん」

虫干ししていた和服の手入れをしていた三木の母馨子は、さっきまでご機嫌だった孫が困った表情で差し出した携帯に首を傾げた。

「どうしたの、優斗」

「やひろくんのおへんじみれない」

「お父さんは？」

「でんわしてる」

「あらあら、それは困ったわねえ」

雅嗣に電話が掛かって来たために、それまでやり取りをしていたメールを開けずにいたのだろう。ひらがなメールを読むことは出来るが、小さな優斗はまだ携帯の操作は出来ず、父である雅嗣か祖父の清蔵が一緒になって操作しながらヤヒロクンとのやり取りを楽しんでいた。

優斗が差し出した携帯を手にすると、確かにメールの着信を知らせる表示が点滅し、表示名はヤヒロクンになっている。ちなみに、この携帯は弥尋と色違いのミルキーホワイトだ。

「待ってね、すぐに見せてあげるから」

馨子は手慣れた操作でメール画面を開き、そして優斗の前で本文を開いて見せた。

そして、「あら？」と首を傾げる。

「ありがとう。まっ……で終わってるわね。送信ミスかしら？」

「まってなに？」

「うん？　たぶん、待ってますって言いたかったんだと思うけど」

馨子は首を捻った。

何かあるたびに「弥尋君」を連発する夫の清蔵と違い、別々に暮らす次男の嫁である弥尋とはそう多くを話す間柄ではないが、弥尋が優斗を可愛がっているのは知っている。メールも、フォルダーの中を数えればわかるくらいに、携帯を買ってからこちら二人は頻繁なやり取りをしていた。

そんな弥尋がこんな風に中途半端なメールを送るだろうか——？

馨子は時計を見上げた。時間的には講義の最中だろうが、メールを送った時にはまだ始まってはいなかったのだろう。教授が入室して慌てて携帯を閉じた時にミス送信されてしまった可能性はあるが、それにしたって変だ。

「優斗、ちょっと携帯をおばあちゃんに貸してくれる？」

「だれにかけるの？」

「弥尋君よ。優斗がお話ししたがってますって」

アドレスから弥尋の携帯に電話を発信すれば、コールは鳴る。コールは鳴るが、本人が出ない。

携帯電話の所持に厳しい高校にいた弥尋は、マナーモードや電源オフにすることをきっちりと学んでいるから、こんな風に電源が鳴りっぱなしの状態で放置しているはずはない。唯一、自宅にいるのなら別だろうが。

長く続いたコール音が留守電に切り替わったところで、馨子は呼び出しを止めた。

（おかしい）

留守番電話にする必要がある時のコール音は長く鳴るように設定しないと馨子は知っている。

念のため、リビングに戻って息子夫婦が住むマンションへ電話をしても誰も出ない。

決断は早かった。馨子は大きな声で長男を呼んだ。

「雅嗣！　雅嗣、ちょっと下りて来て！」

二階の自室にいた雅嗣は、ちょうど通話を終えたところだったらしく、すぐにスマホを手に階段を下りて来たが、母親が手にした携帯電話を見て眉を寄せた。

「どうかしたんですか？」

「弥尋君が電話に出ないの。メールの返事もほら」

先ほどの本文を表示して見せれば、雅嗣の秀麗な顔も険しく変わる。

「隆嗣に知らせます。母さんは父さんとお祖父さんへ知らせてください」

弥尋と三木の自宅に掛けられて来た無言電話や配達物の話は、雅嗣たちも知っている。

「隆嗣か？　僕だ。弥尋君に何かあったかもしれない。――いや、今の状況はわからないんだ。優斗に送られて来た弥尋君のメールが妙で確認したんだけど、返事がないんだ。――ああ、父さんやお祖父さんには母さんが知らせてくれている。大学には僕が向かう」

リビンを見るとちょうど馨子が祖父に電話を掛け終えたところだった。

「警察にはおじい様から話を入れてくださるそうよ。弥尋君のご実家にも連絡をした方がいいかしら」

「大学での状況を見て僕から連絡します。お母さんは家で連絡を待っててください」

「隆嗣も報告するでしょうけど、一応、十勝にも話を通しておくわ」

事が大きくなるようなら、馨子の実家の十勝コンツェルンの方が動かせる範囲は大きい。出来ればそんな事態になってほしくないのだが。

「お願いします。あ、優斗の携帯は僕が持って行きますから」

吉祥寺の店に行くつもりで和服を着ていた雅嗣は、そのままの姿で愛車の運転席に座り、祖母と手を繋いで見送りに出て来た息子の頭を撫でた。

「優斗、おばあちゃんと一緒にお留守番してるんだよ」

「おとうさん、やひろくんいないの？」

「ちょっと迷子になってるみたいだから、捜しに行って来る。大丈夫」

運転席に座った雅嗣は、敷地を出ると出来るだけ近道を通って大学へと向かった。夕方のラッシュまではまだ時間があることもあり、さほど時間をかけずに大学へ到着することが出来た雅嗣は、来校者用の駐車場に車を停めると再度、優斗の携帯電話から弥尋の携帯に電話を掛けた。

（誰が取ってくれ）

弥尋が近くにいるのかいないのか、それだけでも確認出来ればとの思いでコールが途切れるのを待っていると、唐突に音が切れた。

「！　弥尋君？」

「――違います。三木の友人の遠藤です」

応答に出た声は弥尋のものではなかったが、「友人」という言葉に顔を上げた。

「君は今どこに？　僕は弥尋君の義兄の三木雅嗣です」

遠藤から聞いた場所は遠くなく、合流場所の目印の建物の前に急ぐと、遠藤は二人の男と一緒に雅嗣を待っていた。

「遠藤君か？」

「はい」

「弥尋君は？」

遠藤は首を横に振った。

「わかりません。トイレから戻って来ないんで、捜しに言ったら中にはいませんでした。それでこれだけが落ちてたんです」

遠藤の大きな手に握られているのは、雅嗣が持つ白い携帯と色違いのピンクの携帯。優斗たちとのホットライン用にと渡されていた携帯だ。

「廊下にこれだけがあって、三木の姿はどこにもありませんでした」

「……そうか」

まさか大学で拉致されるとは思わなかった。思わなかったが、万一を考えて護衛は付けていたはずだ。

大きく息を吐いて動揺を鎮めると、雅嗣は遠藤の後ろに立つ二人へ顔を向けた。

「言い訳があるなら聞こうか」

弥尋が攫われてしまったのなら、護衛が護衛としての役に立っていなかったことになる。

「——言い訳はありません」

彼らとて言い分はないわけではない。弥尋が向かったのはトイレだ。まさか中にまで入り込むわけにはいかず、遠慮も働いて少し離れた場所で待っていたのだが、清掃中の札を見て弥尋が一階に下りたことに気付かず、道を尋ねられて少し脇見をして離れている間に、弥尋の姿は忽然と彼らの目の前から消え失せてしまっていた——というわけだ。

「道を尋ねた人物の顔は？」

「覚えています」

「結構。君たちの存在を知っていての計画的犯行なら、弥尋君から引き離すために芝居を打ったのかもしれない。それは弥尋君が見つかってから判断することだ」

護衛を責めるのは後でも出来る。責任を追及するのも後でよい。今しなければならないことは、早く弥尋の無事と安全を確保することだ。

その上で、雅嗣は遠藤へ言った。

「弥尋君が誘拐されたのは確かなようだ。遠藤君はこの二人と一緒に大学構内を捜して欲しい」

捜してくれと簡単に言うが、構内は広い。

「社に連絡して応援を呼んでいます」

応えたのは護衛で、雅嗣は当然だと頷いた。

「そちらに任せる。ただ、後でひどく責められるのは覚悟しておいた方がいい」

自分はまだ冷静だが、冷静でないのが一人いる。

「無事に弥尋君が見つかるよう、全力を尽くしなさい」

それでも三木の怒りは収まらないだろうが、弥尋が無事であればまだましだ。無事でなかった時の彼らの身の安全は、残念ながら保証出来ないというのが雅嗣の正直な感想でもあった。

深刻な話をしていると、ピリリと小さな着信音が聞こえた。この場にそぐわない、初期設定そのままの音は、遠藤のカバンの中から聞こえて来た。

こんな時である。出ていいかどうか迷いながらも、

何か弥尋に関係することかもしれないと思い直し、少し離れて携帯を開いた遠藤は、

「三木さん!」

慌てて雅嗣に駆け寄った。

「三木からです」

一瞬怪訝な顔をした雅嗣は、すぐにその三木が三木弥尋のことだと気が付いた。

「弥尋君なのか!?」

同時に、護衛の胸元が震え、雅嗣の目を気にしながら出た護衛の一人は、同じく目を丸くして叫んだ。

「居場所がわかりました!」

雅嗣は走り出した。

「急いで向かう。場所を案内してくれ」


「弥尋君ピンチです」

自分で声に出して、情けなさに溜息を落とす。

観客もいなければ、誰に聞かれるでもない独り言でも、言葉にすれば今の現状を自覚せざるを得ず、なんとなく——いや、はっきりと虚しさが込み上げて来たからだ。

(ええと、トイレに行ってそれから優斗君とメールをしてて……)

それから返信を打っている途中で誰かに鼻と口を押さえられて、倒れそうになったところまでは覚えている。問題はその後だ。

「どうして俺はこんなところに寝転がっているのでしょうか……?」

弥尋が今いる場所は、絨毯の上だった。上等という

わけではないが、柔らかな絨毯の上に手足を縛られて転がされている状態なのだ。足首は一つにまとめて、手首は体の正面で。傷が付かないようにと布で巻いた上から縛ってくれているのはありがたいが、縛られていることそのものが喜べる状態ではない。

「んっしょっ……」

頭が覚醒すれば、現在自分が置かれている状況に対する危機感も湧いて来るわけで、弥尋は何とか腹筋を使って起き上がると、もそもそと動いて壁際に移動して、背中を預けて座り込み、客観的に状況を整理することにした。

誘拐されたのはまず間違いない。

危害を加えるつもりがないのは、手足の状態を見れば納得出来る。が、行動が制限されているのは如何ともしがたい。

「拉致されたとして、ここは一体どこなんだろう」

ぱっと見たところ、アパートかマンションの一室のようだ。窓の外には、高層建築物が見えるからアパートではなくマンションの三階以上だと推測。

「大学から連れ出されちゃったんだ」

しかしあの広い構内で、倒れた自分を抱えて移動したとなれば結構目立ったはずなのだが、それに関して犯人はどうでもいいと思っていたのだろうか？

顔を晒して堂々と歩いているにしても、学生ならば知り合いに会ってもおかしくない。弥尋の記憶では駐車場は離れた場所にあったはずで、そこまで運んだ相手を称賛したいくらいだ。

（ってことは、連れ去られたのは誰かが目撃しているはずだよね）

仮に建物のすぐ目の前に車が停められていたのだとしても、数分は歩かなければならないので、完全犯罪は無理だろう。息の根を止められなかっただけでももうけものだ。

「狙われてるのはやっぱり俺だったんだ……」

薄らとわかってはいたつもりでも、今の状況になってみなければ実感として感じることは出来なかった。

「隆嗣さん、心配するだろうなあ」

吉祥寺から迎えに来る運転手の森脇も、弥尋がいなくて困っているかもしれない。

今は何時だろうかと首を巡らすが、生憎壁に時計は掛かっていない。広い部屋ではあるが、ソファとテーブル以外の家具は置かれておらず、人が住んでいる痕跡も生活感もない。ウィークリーマンションと言われても納得してしまいそうだ。

目の前にあるドアは一つ。そのドアを開ければ何か少しは違うだろうかとも考えたが、開いた先に見知らぬ誰かがいた場合、より危険が増す可能性だってある。

身動きした弥尋の気配に気付いていないくらいだから無人の可能性はあるが、わざわざ自ら危険を冒そうとも思わない弥尋は、部屋を見回して、隅の方に自分が持っていたバッグが無造作に放り投げられているのを見つけ、顔を輝かせた。

「連絡出来るかも」

再びもぞもぞとバッグに近づき紐を引っ張って手繰り寄せた弥尋は、自由に動かせない両手を使ってバッグの口を開き、両手で抱え上げさかさまに振った。

ペンケース、ルーズリーフにテキスト、財布、ハンドタオル、それから携帯電話。

「よかった、取り上げられてなかった」

三木とお揃いのスマホを見つけた弥尋は、ほっと安心した。これがあれば連絡をすることが出来る。三木の言いつけに従ってＧＰＳ機能を付けているために、弥尋に何かあれば居場所を特定するのはわけないはずだ。

「隆嗣さんに連絡しなきゃ」

居場所は特定されても無事までは確認出来ない。この携帯電話が発見されれば、今度こそ壊されてしまうか、別の場所に捨てられる可能性もあるのだ。今のうちに伝えられることは伝えたい。

　弥尋は携帯を操作して、三木を呼び出した。が、いくら待っても話し中のままでコールは繋がらない。

「……誰かと話してるんだ」

　弥尋が行方不明になったことはすでに三木の家族には伝えられているに違いない。そのために携帯で連絡を取り合っているのだとしたら、繋がらなくても無理はない。となると、他に誰に知らせればいいか。少し考え、弥尋はすぐにアドレスの一番上を呼び出した。アイウエオ順の先頭に来る名前は「遠藤始（はじめ）」。

「遠藤、頼むから出て……」

　祈るような気持ちで通話ボタンを押した弥尋は、数コール後に、

「無事か!?」

　遠藤の声を聞いて不覚にも涙が出そうな気がした。

「……うん、無事。無事だけどどこにいるのかわかんない」

「場所はわかってる。今から迎えに行くから大人しく待ってろ」

「うん。それでね、遠藤、隆嗣さんと電話が繋がらないんだ」

「お前がいなくなって右往左往しているんだ。俺はお前の旦那のお兄さんと一緒にいるから、連絡するように伝えておく。だから、もう少し頑張るんだぞ」

「うん」

　これ以上話をして充電が切れてしまってはこれから別の場所に移動させられた時に役に立たなくなってしまう。弥尋はすぐに通話状態に出来るよう、アドレスを表示させたまま、犯人が戻って来ても携帯が見えないように背中と壁の間に置いて、じっと蹲（うずくま）った。

（隆嗣さん、早く来て）

　場所がわかっているのなら、きっと三木はすぐに来てくれる。

（隆嗣さん）

ただ待つだけなのは辛いが、体に異常がないのは喜ばしいことでもある。

（ホモやゲイの人じゃなくて本当によかった）

もしもその手の人間が犯人だったなら、弥尋はとっくの昔にズタズタのボロボロに犯されてしまっていてもおかしくはない状況なのだ。寧ろ、縛られて自由を奪われていると言っても、部屋の中はもぞもぞとだが動き回ることが出来る上に、気が付けば蓋の開いたペットボトルまで入り口近くに置かれている。トイレに行きたくなっては困るから飲むことはしないが、万一、監禁が長くなったとしても飲まず食わずにならないような配慮が見られた。

「寝ようと思えばソファにも寝れるし」

クッションも毛布までもがある。毛布はもしかしたら弥尋を運んで来る時にカモフラージュに使ったものかもしれないが、あるのとないのとでは夜を明かさなければならないかもしれないことを考えれば、雲泥の差だ。

「なんかちぐはぐ」

犯人がどんな意図を持って弥尋を閉じ込めたのかは知らないが、犯人自身も弥尋が長くこの場にいないことを予想していたのではなかろうか。見つかってもいいと思っているのか、それとも最初からただ攫うだけが目的で、怖がらせてしまえばもう用無しなのか。

「電話を残していったのはわざとかなあ」

もしかしたら弥尋が二つ持っていることを知らず、使っていた携帯を落としてしまったから安心して中身を検めなかったのかもしれないし、あるのを知っていて放置したのかもしれない。捨てればよいものを、騒ぎになるのを恐れてか、バッグまで一緒に持って来てくれたのは犯人に感謝したいくらいだ。そのおかげで、無事を伝え、居場所を教えることが出来た。

弥尋はごろんと横になった。

携帯に表示されている時刻はまだ夕方の三時を少し

回ったところ。大学構内でトイレに行く前に確認した時間を考えれば、まだ一時間も経っていないことになる。その一時間の間に、どのくらいの人が弥尋の誘拐を知って奔走したのかを、今の弥尋は知らず、ただ助けが来るのをじっと待つだけだった。

何も出来ないまま横になり、ウトウトしかけていくらもしない頃だろうか。

複数の足音がドタドタと聞こえてすぐ、ガチャガチャという数回の音の後、バタンッと大きな音を響かせて遠くの部屋の扉が開いた音がした。

同時に、今度はもっと近くから聞こえて来る駆け込んできた足音と安否を問う声。

「弥尋！　弥尋、どこにいる！　返事をしろ！」

「弥尋君！　助けに来た、いたら返事をしてくれ！」

こんな時にでも、すごく嬉しく甘く聞こえる声がして、弥尋は壁を伝って立ち上がると、ぴょんぴょん飛び跳ねながら、ドアの前まで移動し、一つに縛られたままの腕を扉へ向かって振り下ろした。

「隆嗣さん！　ここ！　ここだよっ！」

「弥尋!?　そこにいるのか!?」

間を開けることなくすぐに扉が開き、

「……っ痛い……っ」

ゴンッ。弥尋の頭に音を立ててぶつかった。

あまりの痛さに座り込んで涙目になっている弥尋は、ふわりと温かい腕の中に包まれた。

「弥尋……っ」

（あ、隆嗣さんの匂い）

整髪剤もフレグランスも付けていないけれど、弥尋しか知らない三木の匂いに包まれて、弥尋は体から力を抜いた。

「大丈夫、大丈夫だから少し腕、緩めてくれる？　じゃないと、隆嗣さんの顔が見えない」

ほんの少し甘えた声を出せば、三木は一度ぎゅうっと抱きしめた後、弥尋を腕に抱いたまま、額を合わせるようにして顔を覗き込んだ。

「涙の跡がある……泣かされたのか？　どこか痛いところがあるんじゃないのか？」

「あ、ええと……」

あるのはある。額が痛い。だが、それを言ってしまえば三木の怒りは別のものに向かいそうで、弥尋はこの件に関しては加害者の名を永久に闇の中に葬り去ることを決意した。

「大丈夫。安心して気が緩んだだけだから」

「それならいいんだが……。無理はしてないだろうね？」

「うん。無理なんかしてない。心配なら後で隆嗣さんが納得するまで確かめていいから」

「それは……」

つまり、体の隅々まで三木に確認して貰いたいということであり、お願いであり。もちろん三木に否のあるはずがない。

「わかった。家に帰ってからな」

「うん。それより腕と足を解いてくれますか？」

弥尋の姿を認めた途端に安心しきってしまった三木は、弥尋がどんな状態なのかを失念していたことに気付き、慌てて紐を解きに掛かった。

「すぐに外す」

「お願いします」

結び目こそ固いものの、他人の手を使えば解くのは簡単で、弥尋の手足は時間を空けることなく自由になることが出来た。

そうして久方ぶりに手と足をゆっくり伸ばした弥尋は、三木の首にぐるりと腕を巻き付け、抱きついた。

「ありがとう、来てくれて」

安心したのは本当だ。きっと三木が助けに来てくれると思ってはいたが、楽観していたわけでもない。連絡が取れなければこのまま何日も放置されていたかもしれず、居場所はわかっても、鍵が掛けられていれば部屋の中に入れない可能性だってあったのだ。

　それが思いのほかすんなりと再会出来て拍子抜けするくらい。もちろん、早く助け出される方がいいに決まっているのだから文句などありはしないが、幸せと安心を確かめるにはまだまだ三木が足りないと思う。

　抱きつく弥尋の背中を軽く撫でてやりながら、三木も心から安堵していた。

　弥尋が行方不明になったと兄からの電話で知らされた時、三木は頭の中が真っ白になってしまった。すぐに弥尋の携帯に掛けたがコールはしても繋がらない。だが、コール音がするということは電話の機能が生きているということで、そこからＧＰＳを使って居場所を判断するのは簡単だった。それでも突き止めた場所に本当に弥尋がいるか半信半疑だったのだ。

　最初に電話をした時に、弥尋を連れた犯人に携帯の存在が知られていれば捨てられてしまっていた可能性だってある。囮として、携帯電話だけがまるで見当違いの場所に運ばれてしまった可能性も捨てきれないのだ。

　だから、それから後は逸る気持ちを抑えて、電話を掛けることなくただ地図の示す場所に向かうことだけに集中した。

　ちょうどマンションの前で合流した兄と一緒に、管理人から鍵を借りて中に押し入り、何の変哲もないマンションの一室の鍵を開けてもまだ、そこに弥尋がいるかどうか不安でたまらなかった。

　いたとして、無事かどうかわからない。

　弥尋が消えてからすでに一時間が経過している。殺害目的ならそれを完遂していてもおかしくはない時間、暴行を加えるにもそれだけの時間があれば可能だろう。

　中に入れば物音一つしない。

　焦って叫んで、

「隆嗣さん！」

返事が聞こえた時には一瞬で総毛立った。

見つけた弥尋は縛られてこそいたものの、他に何ら乱暴された形跡がなく、心の底から安堵した。


二人が感動の抱擁をしていると、部屋の外からためらいがちに声が掛けられた。

「二人きりにしてあげたいのは山々なんだけど、私たちにも無事な顔を見せてくれないかな？」

扉に片手をついて話しかけているのは雅嗣で、三木の胸に顔を埋めていた弥尋ははっと顔を上げた。

「お義兄さん」

「無事でよかった」

「はい。ありがとうございます」

三木と並んで部屋を出ると、思っていたよりも広いリビングになっていて、そこには雅嗣以外にも遠藤や護衛、それから見知らぬ男たちが何人か立っていた。

「遠藤っ」

弥尋は三木の手を離れ、遠藤の顔を見上げた。

「ごめん、心配掛けて」

「無事だったならいい。でも今日のことで俺は決めたぞ」

「何を？」

「今度からトイレも一緒だ」

「……是非そうしてください」

笑って頭をくしゃくしゃ撫でてくれる遠藤の優しさと包容力が嬉しくて、一緒になって捜してくれたことに感謝してもし足りない。

「これ以上触ってると嫉妬で焼き殺されてしまうから、ここまでな」

ひとしきり弥尋の頭を撫でた遠藤は、ぽんぽんと軽く弾むように叩いた後、手を離し、後ろを指で示した。

「旦那が心配そうにしているぞ」

「……うん」

雅嗣と話をしながらも三木は、弥尋から視線を外すことはない。

「本当だ」

くすりと笑った弥尋は、壁際に立つ男たちのうち、頬を腫らした二名に首を傾げた。

「怪我してるみたいだけど、乱闘があったの？」

「ああ、あれは乱闘というより」

お前の旦那が殴ったんだと言おうとした遠藤は、口を開きかけて止めた。雅嗣の懸念通り、弥尋を見失い攫われてしまった護衛二人は三木に思い切り殴られてしまったが、一発ずつで済んだのは、弥尋の無事を確認するのが先だったからだ。これで無事でなかったら、彼らがどんな目に遭わされたかを想像すると怖いものがある。

「――あれは自分たちで付けた怪我だ」

「自分で頬（ほ）っぺた怪我するってすごく器用なんだね」

「世の中、そんな人間もいるんだろ。体育会系の気合い入れと一緒だ」

「ふうん」

おそらく、と遠藤は思う。雇い主の三木から殴られた以外に、彼らの派遣元の警備会社からもきつい咎（とが）めを受けるだろうと。減給くらいならまだよいが、顧客の信用を失ったとなれば解雇もあり得る。それが理由かわからないが、彼らは名誉挽回（ばんかい）に必死だった。

弥尋の居場所を突き止めたのは携帯のＧＰＳ以外にも、弥尋のカバンに付けていたキーホルダーの中に仕込まれた発信機の存在があったからで、マンションの一室というよりも正確な情報を提供出来たのはそのせいでもある。

しかし、それはあくまでも機械の性能がよいというだけで、護衛すべき対象を見失ったのは失態以外のなにものでもない。彼らが今後しなければならない最大の目的は、弥尋を攫った犯人を突き止めることだ。

これに関してはすでに大学構内での情報収集が開始されている。大勢の人が往来する構内ではあるが、目撃証言を得るのはそう難しくはないと見られている。

犯行は二人または三人の複数が有力視されており、

「この部屋の持ち主を調べればすぐに足がつくだろう」

それが三木の見解だった。

「とりあえず外に出よう。一応、松本先生に見て貰って、弥尋君はこのまま吉祥寺に」

雅嗣が言うと、弥尋はふるふると首を横に振った。

「家に帰りたい」

そうしてぎゅっと三木に抱きつく。

「兄さん、弥尋がこう言っている。今日はマンションの方に戻ることにする」

「弥尋君の好きにしたらいいとは思うけど」

雅嗣は「うーん」と首を捻った。

そうなると大変なのが父と祖父だ。

二人には、弥尋と三木が抱き合って感動の再会をしている間に、無事が確認出来たことを伝えている。

吉祥寺の自邸で報告を待っていた祖父は、大変安堵すると同時に、各方面へと無事に身柄を確保出来たことを伝える手配を行っている。弥尋の行方不明が発覚してすぐに警察へは連絡済みで、今後は捜索ではなく、犯人逮捕に向けて捜査内容が変更されるはずだ。

父も祖父も、弥尋自身の咎で恨まれることはあり得ないと知っている。もしも恨まれるとすれば逆怨みしかない。交友関係に原因がないのであれば、後考えられるのは三木の関係だけだ。

祖父も父も、雅嗣も三木も、今回の悪質な嫌がらせやイタズラは三木の関係筋から出たものだろうということで、意見の一致を見ていた。

今現在、総力を挙げて犯人の割り出しをしている最中の二人に、弥尋が今晩は吉祥寺に戻らないことをどう伝えるべきか、雅嗣にとってはそれが一番大きな問題のようだ。弥尋の望みが最優先だと言えば納得してくれるだろうか。大袈裟に言わなければ承諾しないかもしれないが、大袈裟すぎると今度は見舞いに行くと言い出しそうで、それもまた困る。

「とりあえず、父さんたちは僕がなんとかするから、隆嗣は弥尋君を連れて家に帰って。遠藤君はどうする？」

「一度大学に戻ります」

「じゃあ、大学までは僕が送ろう」

遠慮しようとした遠藤を片手で制した雅嗣は、三木と弥尋に言った。

「今晩はとにかくゆっくり休みなさい。たぶん、明日にはいろいろ動き出すだろうから。隆嗣も弥尋君のケアを頼んだよ」

「わかった」

「ありがとうございます。お義兄さん。遠藤も」

ああと頷く遠藤に、弥尋は小さく笑って返した。

三木の車に乗り込んだ弥尋は、

「そうそう、忘れるところだった」

発車間際に窓際に立った雅嗣からピンク色の携帯を手渡された。

「落ちてたけど、壊れてはいなかった。それでねえ弥尋君、家に帰ってからでもいいからうちに電話してくれないかな。優斗が待ってるんだ、弥尋君からの電話を」

「あっ」

メールを送信する途中だったのを思い出し、はっと顔を上げれば、雅嗣がなんだか微妙な顔をして微笑んでいる。

「弥尋君、失踪を一番最初に気が付いたのは優斗なんだよ」

弥尋が誘拐されたことは知らなくても、自分が携帯を持ち込んだことで事が動き出したことには漠然とだけれど気付いているはずだ。弥尋はすぐに頷いた。

「わかりました。優斗君にお礼の電話とメールをします。家に帰ったらすぐに」

「頼むね。あ、優斗の携帯電話は僕が持ってたんだった。夜だと……寝てそうだから明日お願いしていいかな？」

「明日ですね。わかりました」

「ありがとう。優斗は本当に弥尋君のことを大好きなんだ」

「俺も好きですよ、優斗君」

　自分以外の人に「好き」という言葉を使って欲しくない三木だが、相手が子供――しかも甥では大人げない態度を取ることも出来ない。

「それじゃあ、また」

「はい」

　ようやく走り出した車の助手席の背に深く体を預け、弥尋は深く溜息を吐いた。

「気分が悪いのか？」

「ううん。気分は大丈夫。ただ、たくさんの人に迷惑掛けちゃったなって思って自己嫌悪中」

「迷惑だなんて誰も思ってないぞ」

「そうかもしれないけど、攫われたりしなかったら隆嗣さんが怒ることも哀しむこともなかったでしょう？　もう少し鍛えて抵抗出来るようにした方がいいと思う？」

「やめなさい。強さを極めるのならいいかもしれないが、中途半端な対応をすれば、もっと大きな怪我をする可能性だってある。いつもいつも逃れられるとは限らないだろう？　抵抗されれば相手だって激昂する」

「でも」

「それに」

　三木は片手を伸ばして、弥尋の手をぎゅっと握った。

「弥尋君は被害者だ。被害者が自分を責める必要はない。理由がどうあれ、攫った相手が一番悪いに決まっている」

「そうだといいんだけど……」

だが、攫った相手も弥尋を大事に大事に扱っていた。

どこの誰かは知らないが、好き好んで弥尋を攫おうとしたわけではないような気がするのだ。

だが、今それを三木に話したところで、冷静に聞いて貰えないような気がする。

怒りが収まったように見える三木だが、腹の中は腸が煮えくり返りそうなくらい怒り心頭なのは、弥尋にもしっかりと伝わっている。

丁寧な扱いをしたとしても、仮に不本意ながら誘拐に参画したとしても、三木は決して許そうとはしないだろう。

（過剰防衛というか、報復で隆嗣さんが捕まっちゃうのも嫌だし）

帰ったら、無事であることを十分アピールして、怒りを宥めなければならないなと、流れゆく車の列を見ながら思う弥尋だった。


「ありがとうございました」

大学まで戻り、駐車場で車を降りた遠藤は送ってくれた雅嗣に畏まった礼を述べ、歩き出そうとして顔を上げたまま足を止めてしまった。

「どうかしたのか？」

「あ、いえ。知り合いがいたので」

遠藤の視線を辿った先、少し離れた場所に停車している輸入車の前で、学生と一般人らしき男が口論をしていた。体格に勝る学生の方に余裕があり、興奮して詰め寄る相手をあしらっているように見えるが、ふとその学生と雅嗣の目が合った。和服が珍しいのだろうと思い、また決して友好的な雰囲気でないことから、見なかったふりをしてしまえばいいかと流そうとしたのだが、学生同様に雅嗣に気付いた一般人の男の反応に眉を寄せた。

スーツの男は雅嗣の姿を認め、最初は不審そうに見ていたのだが、すぐにはっと驚いた表情に変わり、学生へと何事かを告げたようだった。

それを受けた学生が、逆に男に一言二言耳打ちすると、顔を青くして外車に乗り込み、慌てて急発進させたではないか。

「あれは……」

おかしいと思うには十分すぎるくらい怪しい行動で、隣を見れば遠藤がメモした紙を雅嗣に差し出すところだった。

「一応、ナンバーと車種を控えておきました」

「気が利くね。ありがとう。ついでにもしも知っているなら教えてくれるかな。彼は？」

「四年の先輩です。名前は――」

遠藤が名前を口にした時にはもう、学生はなぜか苦笑を浮かべて雅嗣たちの方へと歩き出していた。


松本医師のところによって念のために検査をして貰ったが、後遺症も異常も何も見つからず、三木も弥尋もほっと安心した。また顔を見せに来ると約束して医院を出た二人は、真っ直ぐに自宅を目指した。

そして玄関扉を閉めて二人きりの空間になるや否や、三木は弥尋に抱きつき、頭の上に顔を埋めた。

「よかった……本当によかった……」

「ごめんね隆嗣さん」

心配させて。

抱きつく三木の腕は震えている。以前にもあった。伯父の御園雷蔵（みそのらいぞう）に弥尋が襲われて怪我をした時、三木の体は怒りで震えていた。今回は命や貞操の危険こそ感じなかったものの、一歩間違えばどう転んでいたかわからないのだ。

たまたま運がよかっただけで、暴力に訴え出る相手や弥尋そのものを目的にしていた場合、攫われてものの数時間のうちに救出されることなどなかったかもしれない。

弥尋は三木の背中を刺激しないようにそっと撫でながら、愛されていることを実感した。

「痛いことはされていないか？」

「なんにも。部屋の中でも柔らかい絨毯の上に転がされていただけだし、縛ってたところも全然痛くないいんだよ。跡も残ってないと思う」

「……他には？」

三木の言う他が何かわからず首を傾げた弥尋の体を三木が軽々と抱え上げ、そのまま寝室に向かいベッドに下ろす。

「キスされたりしていないか？」

「されてない」

「舐められたり触られたりも？」

「してない」

気を失った弥尋を抱えたのは不可抗力なのでカウントしないでもいいだろう。

それでも不安そうな三木に、伸びあがって唇に触れた弥尋はふうわりと微笑んだ。

「だから、さっきも言ったでしょう？　隆嗣さんが確かめて、ね？」

言葉だけでは不安を取り除くことは無理だ。ならば、全身で三木にわからせればいい。

弥尋は羽織っていたジャケットを脱ぎ、シャツのボタンに手を掛け、順番にゆっくりと外していった。シャツを脱ぎ、中に来ていたTシャツを脱ぐとすぐに顕わになる白い肌。

食い入るような三木の視線に恥ずかしさを覚えながらも、弥尋はパンツのファスナーを下ろし、脱ぎ去った。

下着一枚になった弥尋は、

「どう？」

首を傾げながら三木に尋ねた。

「どこか変？　怪我してる？」

「変じゃない。綺麗だよ、弥尋君は」

三木の手が弥尋の肌に触れ、熱く大きな掌がすうっと撫でて行く。

真顔で「綺麗だ」と言われた弥尋の顔にはぽっと火が灯り、同時に体全体がほのかに桜色に染まって行く。

確かめるようにそっと触れた掌の先が、胸の尖りを掠め、

「ん」

小さな声が漏れてしまう。

三木を見れば、くすりと小さく笑われたような気がして少々癪に障りはしたものの、抗議の声を出すよりも先に、首に落とされたのは口づけ。

「たとえ無事だったとしても、私の弥尋君が危険な目に遭わされた事実は変わらない。弥尋君はもっと怒ってもいいんだぞ」

「怒ってないわけでもないんだよ。でも隆嗣さんと無事に会えたからいいかなって」

「本当に君って人は……」

苦笑したと思ったら、すぐに唇が塞がれた。

「心配で心臓が止まるかと思った」

「……うん」

「もうどこにもやりたくない。私の前にだけいて欲しい。家から一歩も出ないで、いつも私と一緒にいて欲しい」

「うん」

「だがそれは私のエゴだし、単なる欲望塗れの願望でしかないともわかっているんだ」

「隆嗣さん」

弥尋は三木の首に腕を回して引き寄せ、顔じゅうにキスを降らせた。

「いつだってずっと一緒だよ」

そうして合わさった唇は、先ほどよりもずっと甘く熱いもので、開かれた唇の間から三木の舌が入り込み、

弥尋の口腔を撫で回す。

「ん……ふっ……」

鼻から抜けるような声が漏れる弥尋の体がゆっくりと押し倒されて、ベッドに横になる。上に乗りかかった形になった三木は、キスをしながら片手で自分のスーツを乱暴に脱ぎ捨て、ネクタイを外しシャツを脱ぎ、素肌だけになって弥尋と肌を重ねた。

三木の唇は顔から首へと移り、

「すまない、歯止めが利きそうにない」

掠れた声は体も心もくすぐるもので、弥尋は熱に浮かされながら頷いた。

「いい、よ。たくさん、隆嗣さんの愛が欲しい」

ちりという痛みは、三木が吸いついたのかそれとも歯を立てたのか。

だがその痛みさえも今の弥尋には快感で、覆い被さる三木に昂ぶりを押し付けて求愛したのも、自然な行いだった。

弥尋の意図を察した三木は、体を浮かせると弥尋の下着を取り去り、同時に自分も履いていたスラックスと下着を脱いで、改めて弥尋の上に被さった。

互いの怒張が下腹で触れ合い、ぬるぬるとした先端が腹を擦るたび、より刺激も高まって行く。

「もっといっぱいして……っ」

肌の上を三木の唇が滑りながら、多くの跡をきつくきつく付けて行く。もつれ合い、足を絡ませながら、首を仰け反らせ、開かれた口から零れる懇願や吐息。

普段清楚な雰囲気の弥尋がこうして見せる痴態は、三木を高ぶらせるには十分すぎるくらいで、胸の尖りを舌で転がし、時に甘噛みしながら、下生えの中で勃ち上がって主張している弥尋のものを緩やかに上下に動かすが、それとていくらも保つものではない。

自然に開かれていく弥尋の足の間に、自分の体を割り込ませながら、三木はこれ以上待つことは出来ないとばかりに、ヘッドボードの棚の中からローションを取り出し、ボトルの蓋を開けるのももどかしく、弥尋の狭間にたらりと垂らした。

「冷たっ」

　さすがにきゅっと締まったその部分だが、

「悪いが余裕がない。すぐに挿れられるようにするから」

　だから少しの間我慢してくれと言うと、弥尋は「うん」と頷いた。

　すぐに三木の指が孔に触れ、トロトロしたローションのぬめりを借りて中に潜り込んで行く。

「あ」

　一年間の夫婦生活の中で慣れているとは言っても、いつの行為でも最初に指を入れる時には若干の抵抗がある。少しの怯えを見せながら、しかし三木に対して無防備に晒される弥尋の下半身。勃ち上がって滴を零す弥尋のものと、濡れて光って見える袋の下、それからこれから三木の砲身を呑み込む鞘となる蠢く孔。

　皺を伸ばして埋め込んだ指は、弥尋のよいところはすべて覚えている。早く入りたいとますますいきり立つ己のものに我慢を強いるのもそろそろ限界だと見て取った三木は、いつもよりも短時間で弥尋の入り口を解すと、熱い先端を宛がった。

「入れるぞ」

「うん」

　開かれた足の間、密着する腰。

　弥尋の中に入る瞬間は、いつだって三木にとっては厳かな儀式であり、一つになれることを実感する瞬間でもあった。

　熱く熟れた襞をかき分けて、ローションで濡れた大きく太い三木の砲身がズンッと呑み込まれていく。先端が入ってしまえば後は進むだけとはいえ、狭い弥尋の中はいつでも絡みつくように熱く弥尋を迎え入れ、うねりながら締め付け、それがまた何とも言えない快感を呼び起こし、味わいながら奥まで進み入るのが常なのだが、今回はそんな悠長なことを望んでいるわけではない。

一刻も早く弥尋の奥にまで到達し、その体ごと全部を味わい、三木の性器が与える刺激に酔う弥尋が見たかった。何よりも熱い弥尋の中で、何度でも絶頂を味わいたかった。

根元まで押し入った三木と弥尋の下半身が密着し、中に入れられたものの大きさと熱さに慣れる間もなく、いきなり始まった抽挿に弥尋は大きく喉を仰け反らした。

「あっ……あっ……んっ」

「息を吐くんだ、弥尋」

言う三木の声も興奮で上ずっており、気遣う声も途切れがちになる。

言葉の代わりに弥尋は抱きつく腕に力を込め、三木は大きな動作で腰をグラインドさせる。たまに小刻みに揺らすように出入りを繰り返し、的確に弥尋のよいところを突き上げる。

「もっ出、るっ」

「達っていい。何度でも達け」

「んっ、ん……っ」

大きく揺さぶられながら弥尋は達したが、三木の動きはまだ止まらない。少し遅れて熱いものを中に迸らせた三木は、しかしまだ中に入ったまま弥尋から離れることなく、今度は弥尋を転がしてうつ伏せにし、背後から覆い被さった。

向きが変わったことにより、弥尋の中に収められたままの三木もが中を擦りながらぐるりと回転し、

「や……隆嗣さんの……まだ硬い」

思わず漏れてしまった弥尋の感想に、三木の顔に苦笑が浮かぶ。

「まだまだ弥尋君が足りない、欲しいと言っている」

背中に舌を這わせると、小さな悲鳴が上がり、涙を浮かべた顔で弥尋が背後を振り返った。

「くすぐったい」

「くすぐっているんだからしょうがない」

そうしてクイと弥尋の腰を引き寄せると、中のものが奥まで突き刺さり、

「くんっ」

と、可愛らしい声で啼く。

突けばまたぎゅうっと白いシーツを握り締めながら悶える様は、三木には楽しく愛らしい光景として映っているが、弥尋が悶え動くたびに三木のものを締め付け、或いは擦り上げることにこの愛しい妻は気付いているのかいないのか。

知らないうちに夫を煽っていることに気付いたならば、弥尋は一体どんな顔をするだろうか。

（だから教えないぞ弥尋）

何も知らない無垢なまま、こうして存分に自分を楽しませてくれればいい。

「弥尋、また動くぞ」

「……あんまりきつくしないで、ね？」

「きついのはいやか？」

「お腹も頭も変になっちゃうんだよ」

「弥尋のも私が触ってあげられるから、大丈夫」

何が大丈夫なのかわかっているのかと自分に突っ込みを入れながら、三木は弥尋のものに手を添えて、ゆるゆると動かしながら、その動きに合わせて腰を動かし始めた。

すぐに律動は速くなり、合わせて手の動きもリズミカルに活発になっていく。

「はっ……あっ……あ……」

「っ……いいか？」

「いいっ、いいよ……っ」

顔を押しあて、開かれた口から零れる、短く言葉にならない声は、決して弥尋が嫌がっているのではなく、快感を追うのに夢中になっているのを三木は知っている。

今度は三木もそう長くは保たず、弥尋の腰を掴んで引き寄せるとひと際抽挿を速め、大きく突き出すと同時に、

「……弥尋っ……」

中に放った。

頭の中を真っ白にしながら、ドクドクと脈打ちながら吐き出すものを自覚する。愛する弥尋の体の中に己の精子をたっぷり注ぎ入れる瞬間は、情交において何より至福だと感じられる瞬間でもある。

手の中の弥尋のものも、敷布にべっとりと白濁を撒き散らし、うつ伏せになったままの弥尋を見れば瞼を閉じて気を失っていた。

(やりすぎたか?)

だがまだ二回しかしていない。

そうは思ったが、何より大事なのは妻の体調だ。

気絶するほど激しく動かした自覚はあるだけに、続きはまた弥尋が目覚めてからと思い直した三木は、弥尋の体を抱えるとバスルームへ直行した。

湯船に弥尋を横に寝かせ、少しずつ湯を溜めている間に寝室に戻って敷布を剝がし、洗濯機に放り込む。

新しいシーツを付けてバスルームに戻れば、ちょうどいいくらいにまで湯が溜まっていたが、弥尋はまだ目を開けない。

少し不安になったものの、弥尋を膝の上に乗せて横抱きにした三木は、掌ですくった湯を掛けながら、シャボンの泡を交えて弥尋の体を綺麗にした。

「……おはよう」

中に指を入れてかき出している最中に目を覚ました弥尋だが、まだ半分以上は意識が飛んでいるようで、目覚めていれば恥ずかしがってしがみつくところを、今はぼんやりと三木にされるがまま胸に凭れている。

そうしながら、空いている手が三木の牡を掴んでもてあそんでいるのは無意識なのだろうが、大きくなってしまって困るのは弥尋である。

このままでは朝まで何回でも挑んでしまいそうな自覚のある三木は、手早く弥尋だけを洗い終えると、再び抱き上げ寝室へと運んだ。そしてしどけなく掛かる濡れた前髪をそっと拭う。弥尋の口から零れるのは安らかな寝息だが、それにすら欲情を覚え、まだ熱い燻りを抱えて主張する分身に苦笑する。また弥尋の中に入りたいが、眠りを妨げようとは思わない。かといって、このままなのも辛い。

弥尋をベッドに寝かせた後、三木はバスルームに引き返し、兆している自身に手を伸ばした。すぐに熱く頭をもたげるものに、

「手で我慢してくれ」

と話しかけながら。

独りで欲望を処理するのは、弥尋と結婚して以来初めてのことだ。

そうして体も心も落ち着けた二人は、そのままゆっくりと横になり、朝までぐっすりと眠るのだった。

余談だが、三木が一人で抜いたと話題の弾みで知った弥尋が、

「俺がいるのにどうして独りでするの？」

と憤慨し、ご機嫌斜めになったのを宥めるのに一苦労することになるのはまた別の話である。

翌朝はロマンティックな目覚めとは言い難いものだった。

目を覚ましたのは弥尋が先だったのだが、

「腹の虫の鳴き声で目が覚めるなんて……」

自分で自分にショックを受けてしまった。

しかしよく考えれば、昨日は攫われた後は水も食べ物も何も口にしていないのだから、毎日三食きちんと摂取している弥尋の腹が食べ物を催促するのは当然のこと。なおかつ、昨日はエネルギーの消耗も激しかったのだから、口に入れるものを体が要求するとしても文句は言えない。

「ご飯作らなきゃ」

それにはまず起き上がらなくてはならないのだが、隣を見れば男前のアップ。

「隆嗣さん、朝ですよ。起きますよ」

しっかりと弥尋を抱き込んだ三木に阻まれて、身動き出来ない現状だ。

「隆嗣さん、起きなきゃ会社……」

「……今日は休みだ」

「まだ木曜日なのに？」

「休む」

駄々(だだ)っ子の台詞に弥尋ははぁと眉を下げた。

「隆嗣さんはお休みでも、俺は大学行かなきゃいけないんです。だから離して？」

「……弥尋君も休み」

「それは駄目です。ただでさえ昨日は講義一個サボっちゃったんだから」

ようやく目を開けた三木は、弥尋を腕に抱き込んだまま起き上がり、まずはおはようのキスを瞼の上にくれた。

「弥尋君の今日のスケジュールはどうなってる？」

「木曜日だから、午前いっぱいと午後の一コマ」

「私も一緒に行こう」

「送ってくれるんですか？」

三木はにやりと片頬を上げた。

「弥尋君と一緒に講義を受ける」

「はい？」


有耶無耶のまま三木と一緒に大学に向かった弥尋は、宣言通り弥尋の傍らから離れない三木を張り付けたまま、講義に出席し、皆の注目を集めていた。

仕事中は整えて軽く後ろに流している前髪をサラッと前に落とせば二十代半ばに見えるのは弥尋の欲目ではないはずだ。学生の中には髭を生やしてもっと老けて見える者もいるので、三木が悪目立ちすることはないだろう、たぶん。

「愛されてるな」

「言わないで」

事情を知る遠藤に改めて礼を述べた後でそんなことを言われ、

「良識ある人なんだよ、いつもは」

とりあえず三木の弁護に回るところは弥尋らしい。

「昨日の今日だから心配にもなるんだろう。それにまだ犯人は特定されていないんだ。用心するのは大事だ」

「わかってる」

三木と遠藤に加え、顔を腫らした護衛と他数名が同じ構内にいて弥尋の周辺に目を走らせているのは、大学へ向かう途中、三木に聞かされた。

数が多ければいいというわけではないが、目は行き届く。さらに護衛の数が多いことをわざと知らせておけば、不用意に手出しはしてこないだろうというのが警備会社の言い分でもあった。

こういう時には囮を使って犯人をおびき寄せるのが

定説だと思っていた弥尋には、真新しい発想だったが、彼らの仕事は弥尋の身の安全を守ることが第一で、犯人逮捕は専門の分野に任せておけばいいということらしい。実にもっともな話である。

「休んでもよかったんだぞ」

「大丈夫。体は何ともないんだから出られる時に出ておかないと、本当に病気になったり怪我をした時に困るから」

昨日の誘拐騒ぎの影響はほとんどない。体がちょっとだるいなあと感じるのも、腰が重いなあと感じられるのも、すべてはその後の三木との情事の結果なので、欠席する理由になるわけがない。

「隆嗣さんは退屈じゃない？」

「そうでもない。初心に立ち返って基礎を学ぶのも新鮮でいい」

そうは言うが、三木が持ち込んだファイルに目を通しているのを弥尋は知っている。仕事を休ませてしまって申し訳ないと思うと同時に、それで三木が安心するならしたいようにさせておくだけだと割り切ってしまえば、三木と一緒に並んで講義を受けるという二度とないかもしれないチャンスを楽しむ方向に頭を切り替えることも出来る。

遠藤と三木と三人で過ごす時間は意外にもあっという間に過ぎ、一日を無事に終えることが出来た。

しかし、これから弥尋にとっての本当の一日が始まるようなものだ。

「弥尋君！」

自宅マンションに直帰すると思いきや、連れて行かれたのは吉祥寺の三木の祖父宅で、和風家屋の玄関に入るなり抱きつこうとした祖父の突撃は、ひょいと弥尋を自分の後ろへ隠した三木によって回避された。

「こんにちはやひろくん」

「昨日はありがとう。優斗君がおばあ様やお父さんに教えてくれたんでしょう？」

「おへんじなかったから。こわれたのかとおもった」

「携帯は壊れてないから大丈夫。またお話ししたり、メールしたりしようね」

「うん」

膝に抱きついたままの優斗と手を繋ぎ直した弥尋は、出迎えの祖母に頭を下げた。

「昨日はお騒がせしてしまって……」

「大変だったわねえ。体は何ともない？」

「はい。昨日からずっと大丈夫です」

「よかった。さあ、奥に行きましょう。お菓子を用意して待っていたのよ」

「おかしおいしいよ」

「楽しみだね」

にこにこと笑い合う弥尋と優斗は祖父と三木に背を

「隆嗣」

「なんですか？」

「せっかくの孫嫁との抱擁を邪魔する気か？」

「お祖父さんに体当たりされたら弥尋が潰れてしまいますからね。夫として当然の回避措置です」

「わしが弥尋君を潰すような真似をするものか。優しく抱きしめるに決まっておるだろうが」

「なお悪い」

相変わらずの三木と祖父との応酬に微笑みを浮かべた弥尋は、

「やひろくん」

幼い声が聞こえて思わず顔を綻ばせた。

「優斗君」

廊下の向こうから祖母に手を引かれて歩いて来るのは優斗で、弥尋の姿を認めた優斗は祖母から手を離し、とたとたと駆け寄って来て弥尋の膝に飛びついた。

「こんにちは優斗君」

向けてさっさと歩き出した。二人の背中を微笑ましげに見守っていた祖母は、玄関先に立ち尽くしたままの祖父と三木へ言った。

「喧嘩（けんか）するなら外でなさってください。でもそんな話をするために弥尋君を呼んだんじゃないでしょう？」

「……」

「……」

静かでおっとりとした口調だが、祖母の言い分は正論だ。

一時休戦とばかりに、祖父と三木は急いで弥尋たちの後を追いかけた。


「弥尋君には本当にすまんかったなあ」

祖父に頭を下げられて、弥尋は慌てた。

「そんなこと……おじい様のせいじゃありません」

「いや、元をただせば先走った身内の不始末が原因じゃからな」

「身内の不始末？」

何のことだろうかと隣の三木の顔を見れば、これでもかというくらい渋い顔をしている。

「隆嗣さん、どういうことなの？」

「身内に大馬鹿者がいて、それが今回の弥尋君の誘拐に繋がったかもしれないということだ」

それはまたどういう繋がりがあるのだろうかと首を捻る弥尋へ、三木は渋面を作った。

「だからそれって何？」

こてんと首を傾げて見せるが、

「――そんな可愛い顔をしても駄目だ。どうせすぐにわかるんだから今は知らなくていい」

「すぐにわかるなら今教えてくれてもいいと思う」

ぷうと膨れて見せると、今度は祖母にくすくす笑われた。

「相変わらず仲がいいこと。弥尋君、隆嗣はねえ、弥尋君がとっても大切なのよ。美味しいお食事の前にあんまりよくないお話はしたくないでしょう？　ねえ、あなた」

　こっそり借りた優斗の携帯で先ほどの弥尋の「首傾げポーズ」を撮っていた祖父は、慌てて「おう」と膝を叩（たた）いた。

「そうそう。今日は弥尋君はここで夕飯を食べて行きなさい。悠翠からお重を持って来て貰うよう手配しておるんじゃ。弥尋君の好きな鰻（うなぎ）と寿司の詰め合わせの二段重ねじゃぞ」

　ぱあっと輝く弥尋の顔に、祖父も満面の笑顔になる。

「板垣さんが作ってくれたものですか？」

「もちろんだとも」

「板さんは弥尋君を御贔屓にしているものね」

　入学式と卒業式で食事に訪れた席でも、板垣は弥尋のためにとオリジナル会席を用意して待っていてくれた。

「お寿司はワサビ抜きだから安心して食べてください、だそうよ」

「板垣さんったら……。でも嬉しい」

　三木家の一員となってまだ日が浅い弥尋の好みや嗜（し）好（こう）を熟知している板垣の作る料理は、本当に毎回毎回美味しくて、弥尋を驚かせると同時に嬉しくさせるものでもある。

　今回はオリジナルではないが、新鮮な素材をふんだんに使ったのであろう彼の作る品には心弾ませるものがあった。

　美味しい料理を存分に堪能した弥尋は、本店から帰る途中で優斗を迎えに合流した雅嗣にも昨日の礼を述べた。

「弥尋君が無事なのが一番だからね。我が家の平和のためにも弥尋君には元気でいて貰わないと」

「そう言えば父さんは？」

　弥尋の一大事に三木以外で一番騒ぎそうな人物が、

「うん、弥尋君は心配しないで存分に隆嗣に甘えておいで。それが一番平和で、幸せになれることだから」

雅嗣に頭を撫でられて、弥尋は曖昧に頷いた。とりあえず、甘えておけば大丈夫だということにしておこう、と思いながら。


今回出張って来ていないことを不思議に思った三木が尋ねれば、雅嗣はふふと笑った。

「犯人を絶対に許すもんかって息まいてる」

「それは」

確かにありがたいことではあるが、成果のほどはどうなのだろうか。

「父さんには父さんの伝手(つて)があるから、意外と見つけてしまうかもしれないよ。見当はついているんだから」

「わかったんですか？」

「大体のところは」

「それならすることは一つしかないな」

「まあ、自業自得というやつだね。同情は誰もしないだろう」

兄弟の話は自分に関わる内容であるはずなのに、弥尋には今一つちんぷんかんぷんだったが、少なくとも不安に思うことはないだろうというニュアンスが感じられた。

その週末。

三木と二人でいつものように自宅で寛いでいた弥尋は、朝のうちに掛かって来た祖母からの電話で都内のホテルに呼び出された。

「何かあるんですか？」

「弥尋君の気晴らしにおいでだそうだ」

「そんなこと、気にしなくてもいいのに」

それでも誘ってくれた祖母の好意は嬉しくて、着の身着のままいらっしゃいとの言葉に甘えることにした。

ただ、

「何があっても私の傍から離れないように」

それだけは約束させられた。そもそも、パーティなどという代物は、同伴者がいてこそ楽しめるものでもある。会社関係の色の濃いものであればあるほど、弥尋は三木隆嗣の同伴者としてのおまけとなって埋没してしまう。

三木が主催のパーティならば主役の一員として光も浴びようが、通常では会場内のテーブルを回って食べたり飲んだりするくらいしか楽しみがないのが実情だ。

難しい政治の話や仕事の話に口を挟むなどもっての外。

三木と一緒に訪れたのは、赤坂にある高級ホテルで、そこで開催されているのは祖母の友人たちを招いての内輪のパーティだった。内輪とは言っても三木屋会長夫人の友人だ。政財界に名だたる著名人もいれば、芸能関係者もいて、和服を着た女性たちが多く集まる会場は、あちこちに花が咲いたように華やかな色彩を放っていた。

会合は八重桜（やえざくら）会と言って、本人が著名人だったり、各界の名士を伴侶にする女性たちで出来た同好の集まりで、月に一度か二度は会合を開いているという。

「だから和装だったんだ」

弥尋も三木も家を出る時に着ていたのは、普段着に少し毛が生えたようなものだったのだが、ホテルの部屋に着替えを用意しているからと言われて向かえば、確かに準備されていた。二人分の和服が。

幸いなことに、凝った飾りのある着物でなかったため、和服に慣れた三木に着せて貰うことが出来たが、会場には女性たち以外にも多くの人がいて、内輪の意味するところって一体なんなんだろうなと思ってしまったものだ。

祖母の咲子は、和服に着替えて下りて来た二人を見て、満足げに頷いた。

「弥尋君、今日はいきなりお呼びしてごめんなさいね」

「いいえ、楽しんでいますから」

「それにしても本当に、弥尋君は何を着ても似合うわねえ」

祖母によると、今日の会合のドレスコードは和服らしい。以前には「鹿鳴館(ろくめいかん)」がテーマだったこともあるというから驚いた。妙齢の女性たちが豪奢(ごうしゃ)なドレスに身を包んで歩く姿はさぞ壮観だっただろう。

「似合う似合うとあまり大きな声で言わないでください。そうでなくても、二人からの贈り物が凄いんですから」

「あら、着るものはいくらあってもいいじゃないの。ねえ、弥尋君」

「でも本当にいつもいつもいただいてばかりで申し訳ないです」

「そんなこと。あの二人は弥尋君と曾孫(ひまご)たちに何かしてあげるのが楽しみで仕方ないんだから、年寄りの道楽だと思って甘えてちょうだい。大丈夫、弥尋君が笑ってありがとうって言ってくれるだけでお釣りがくると思ってるから、気にしないで」

祖母はふふふと笑うが、入学前に貰った服だけでこの後数年は新調したり新しく買う必要はないように思う。成長期ではないのだから、極端にサイズが変わらない限り、自分で買うのは下着と靴下くらいになりそうだ。祖父と義父に対抗して、アメリカ在住の三木の妹、芽衣子も送って来るものだから、余計にプレゼント合戦にも熱が入るというもの。

「おばあ様、気になっていたんですけど、テーブルの上の花を飾っている器、もしかしてどなたかが焼かれたものなんですか？」

　花器となっているのは深皿だったりカップだったりと様々で、会員でもある華道の家元と弟子たちが活けたという春の花々が卓上に彩りを添えている。花も綺麗だが、器の艶や色形が弥尋はさっきから気になっていたのだ。

「あら、目が高いわね。そうよ、黒瀬灰泉というのよ」

　そして祖母から名前を聞いた弥尋はびっくりした。

「その人、本川の父がすごく好きな陶芸家さんなんです。ねっ隆嗣さん」

　去年の三木家と本川家の顔合わせでも、三木の実家に集まった際、雅嗣にコレクションを見せて貰って大喜びしていた。

「結納代わりに皿を持って行ったんですよ、初めてお伺いした日に」

「まあ、それは奇遇ね。作品が欲しいならいくらでもあげるわよ」

「え、でも高いんでしょう？　有名だって聞いてますよ？」

「名前は売れているようだけど、本人は道楽で焼いてるようなものだから。数が少ないから稀少価値があると思われているようだけど、欲しいなら頼んでみたら？　弥尋君にならいくらでもくれると思いますよ」

「……もしかして、俺の知ってる人ですか？」

三木と祖母を見れば、二人してくすくす笑ってる。

「おばあ様……じゃなさそうだし、おじい様にはそんな暇はないだろうし。博嗣さんはお菓子作りで忙しいでしょう？　お義母様？　それともお義兄さん？」

　義父なら何も言わずに弥尋に見せびらかしたり貢いだりするだろうから、まずないはずだ。だとすれば、範囲は絞られてくる。

「弥尋君」

　首を傾げて考え付く名前を挙げる弥尋の肩を摑んだ三木は、くるりと方向転換させ、真っ直ぐ正面を指差した。

「ほら、あれが噂の素人陶芸家だ」

「……えっ嘘っ!?」

　正面に見える鉄瓶色の和服を着こなした男性。

「お義兄さん？」

「本人はあくまでも趣味の範囲だと言ってるが、そこそこ高い評価を貰っているみたいで、たまに展示会を開いたりもしている」

「灯台もと暗しって、こういうのを言うんだね、びっくりしたあ」

　そして弥尋は思った。

　この衝撃の事実は実家の父には伝えない方がいいだろうと。

　あの皿一枚にさえ物凄く執着を見せる父なのだ。作家が自分の息子の義兄だと知れば、押しかけて来かねない。

「そうか、だから隆嗣さん、お皿を簡単に手に入れることが出来たんだ」

「白金にある元の私の部屋にたくさん転がっているぞ」

「今度見に行ってもいい？　いいのがあったら持って帰っていいかな。少し厚手の湯呑茶碗が欲しかったんだ」

「たぶんあったと思う」

「二人分だよ」

「茶碗と湯呑を二個ずつ持って帰ろうか」

「うん」

　思わぬ情報というか収穫に、弥尋もほくほく顔になる。そんな弥尋は祖母の友人たちにも引き合わされた。

若い人たちもいるにはいるが、比較的年齢層の高い女性が多いせいか、話す姿ものんびりおっとりとして見えるのは、三木の祖母が気に入って付き合いをしているだけのことはあると思った。

三木や祖母に言わせれば、そんな雰囲気に馴染んで溶け込んでいる弥尋も十分に八重桜会に入る資格はあるらしい。会員になるには、参加の絶対条件である性別がネックではあるが、

「名誉会員なら認めて貰えそうな気がしない？」

「満場一致で決まるでしょうね」

三木は自分の妻が、祖母は孫嫁が自慢でたまらず、挨拶に訪れる知り合いには、

「可愛らしいでしょう？　孫の大事な方なのよ」

と正直に告げている。

昨年の三木家主催のパーティ会場でも、祖母の威光は確かに発揮されていたが、女性が主役のこの会場この場において、ある意味配偶者よりも権力を持つ強い女性たちに認められるのは、弥尋の今後を考えれば随分と心強いものになるに違いない。

何かあってからでは遅い。

三木弥尋は三木一族の大事な人間なのだということを、女性たち独自のネットワークで広げ、いざという時には存分に力を貸して貰えるようにするのが、今回の八重桜会に弥尋と三木を招待した本当の理由だ。

今日は生憎出席していないが、Co's（コーズ）という世界的にも知名度のある大企業の会長も名を連ねているこの会で、三木の祖母や彼女たちの逆鱗（げきりん）に触れれば、社交界からは完全に排除されてしまうだろう。反対に気に入られてしまったらしまったで面倒事も起こりそうではあるが、そこは貴婦人方の良識に任せるしかないだろう。

しかし、異分子はどこにでもいる。

「三木様」

同じ声を少し前にも聞いたなと思いながら、三木と弥尋はゆっくりと振り返った。

薄い藤色に牡丹の花弁を散らした振袖を着た桐島麗華は、三木の方へとゆっくりと歩いて来た。

「お久しぶりです」

微笑は三木にのみ向けられていたが、それに答えたのは義祖母だった。

「どうしてこちらへ？」

「三木様が出席なさっているとお聞きして、矢も楯もたまらず参りましたの」

誰かが桐島に知らせたということか。

三木が桐島麗華を避けているのは、先日のクレアム社のお披露目会に出席していた経済人だけでなく、耳聡いものにはすでに伝えられているはずだ。あの場であれだけ派手に三木に無視され、袖にされたというのに、臆面もなく再び顔を出す彼女の厚顔無恥さには呆れてしまう。

桐島麗華の接近は、華道の家元と少し離れた場所で談笑していた雅嗣も知るところで、彼はすぐに懐から取り出した携帯でとある人物を呼び出した。

「私だ。すぐに来なさい」

ただ用件を告げただけだが、相手は逆らうことなくすぐにこの場にやって来るだろう。それまでの間、弥尋に害がないようにだけ気を付ければいい。

そう思いながら弥尋を見れば、桐島の登場には怒りや嫉妬よりも、ぽかんとしていると表現した方が適切なきょとんとした顔をしている。

さりげなく弥尋の周りに付いた着物姿の女性は、祖母に付けられている護衛で、祖母の配慮に感謝する。

誘拐を企てた黒幕は桐島麗華で特定されていた。だが、弥尋を傷つけた代償は彼女の両親や親族が謝罪したところで収まるものでもない。

桐島麗華自身は知らないだろうが、事件の翌々日には、弥尋を監禁した実行犯の自白を受け、祖父と父がトウカ銀行頭取の自宅へ責任を追及するために訪問済みなのだ。

　実家を離れ、マンション住まいをしていた彼女は知らないだろう。すでに実家の両親がトウカの関係筋から切り離され、彼女自身も何ら後ろ盾がなくなってしまっていることを。

　そこそこの美貌とお嬢様という先入観から、多くの男たちを虜にして来た女は、高望みしすぎて出してはならないものに手を出してしまった。

　自滅するのは仕方がない。思慮が足りなかった自分を後で後悔すればいい。――過去に立ち返ってやり直すことは不可能だけれど。

　冷静に、そして冷酷な光を浮かべた目で三木に見られていることに気付いているのかいないのか、桐島麗華は嬉しそうに笑みを浮かべ、三木の傍へと一歩、また一歩と近づいていく。

　彼女の足が、手が届けば三木に触れそうなところまでやって来た時、三木は静かに口を開いた。

「それ以上近づくな」

「え？」

　首を傾げる桐島は、わけがわからないという顔をしている。

「三木様？」

「それ以上近づくなと警告しているんだが、あなたのその耳はただの飾りか？」

「どうしてです？　どうしてお傍に寄せていただけないのです？　私、三木様とお会い出来てとても幸せですのに。婚約者として皆様にご紹介してはくださいませんの？　今日はそのために私を招待してくださったのでしょう？」

「招待？　私は知らないぞ。まだそんな寝言を言っているのか。私に婚約者はいない。いるのは最愛の妻ただ一人だけだ」

「そうやって他の候補者や自称恋人を避けていたのは

存知あげております。でも私が帰国したんです。もうそんな口実は必要ございませんでしょう？」

「事実であって口実ではない。弥尋」

　ここで呼ばれるとは思わなかった弥尋だが、ためらったのは一瞬で、微笑を浮かべた三木が呼びよせるようにして差し出した手に、自然と自分の手を重ねていた。

「紹介しよう。彼が私の最愛の伴侶、弥尋だ。これ以上詳しくは話さなくても、お前は知っているはずだな。弥尋がどこの大学で、どこの学部で、どこに住んでいるのかも」

「……知りませんわよ、そんなこと。第一その方は男性ではありませんか」

「それがどうしたと？」

「三木様のご両親や親族の方は反対なさっているのでしょう？　そうお聞きしていますわ」

「どこの誰から吹き込まれたか知らないが、生憎だったな。私と弥尋のことは家族全員が祝福してくれているる。両親も兄弟も、弟や妹の伴侶も快く受け入れてくれている」

「私も弥尋君みたいな可愛くて素直で優しいお嫁さんが隆嗣と一緒になってくれて、本当に喜んでいるのよ」

「でも……邪魔に思っていると」

「どこの誰からそんな根も葉もないことを吹き込まれたのか知らないが、弥尋のことについては公認だ」

「認めませんわ！　男性同士で結婚だなんて」

「あなたに認めて貰う必要も義理もない。無関係な人間は口を挟まないで貰いたい」

「本当に誰がそんなことを吹聴して回ったのかしら。困ったことをしてくれたものだこと」

　おっとりした祖母が不思議そうに首を傾げる。

　会合に参加している女性たちの目は、当然この場に集中しており、遠巻きに様子を窺う集団が幾つか見えた。その中で、顔を俯かせ蒼白になっている人間は、しっかりと雅嗣に覚えられていたのだが。もちろん、当人——祖母側の縁者の姻戚で新宿でギャラリーを経営している婦人が知ることはない。

気付いたのは、翌日になってからで、三木本家からの絶縁を言い渡されると同時に、トウカ銀行からの融資の凍結が知らされてからのこと。

三木と有力者の娘の縁談をまとめる見返りとして、イギリスのオークション会場で知り合った桐島麗華から賭博や浪費で使いこんでしまったギャラリーの資金の補填をする予定だったのが出来なくなり、押しかけた債権者によって邸や所有する絵画を抵当に押さえられてしまってからだ。

桐島麗華の視線に射られながらも、弥尋は堂々と三木の隣に立っていた。三木が大勢の前で公表した以上、弥尋は正式な三木の伴侶として社交界にデビューをしたことになる。ここで尻込みするようではこれから先、三木の隣に立つことは決して許されない。

顔を上げ、いっそ傲慢とも言えるくらいに真っ直ぐ桐島麗華の顔を見返す弥尋の横顔は、大層美しく見惚れてしまうほど凛々しかったと、三木は父や祖父に会うたびに自慢することになる。

「はじめまして、ではありませんが、改めてご挨拶させていただきます。三木弥尋です」

弥尋は自分の見せ方を知っている。生徒会役員として大勢の前に立つ機会が多かったこともあるが、三木と付き合う中で大物に出会わされることで身についた度胸でもある。

「お聞きしたところ、まったく真実とは異なる話が出回っているみたいですが、桐島様に心配していただくまでもなく、私と三木はこれからも今まで通り二人で歩いて行く心積もりでいます」

だから横恋慕しても無駄だと牽制の意味を込めて言えば、敵もさるもの、桐島麗華も胸を張って言い返す。

「でもあなたは男性ではありませんか」

「それが一体何の障害になるというんです？　世の中には子のないご夫婦もたくさんいらっしゃいます。貴女はそんなご夫婦の在り方をも認めないと？」

　ここで肯定してしまえば、集まった八重桜会の会員全員を敵に回すことに、さすがの桐島も気付いたらしく、目が泳ぐ。

「私はそんな……」

「でも貴女が仰っているのはそういうことですよね。そうでないのなら、それこそ口出しされる謂れはありません」

　だからさっさと諦めろ。

　直接言葉に出して言えればどんなに楽か。

　こんな時、

（社交界の人って大変なんだなあ）

　婉曲的な表現で喧嘩をしなければならないのなら、ストレスも溜まるはずだ。芽衣子が嫁ぎ先のコルワース主催のパーティでストレスが酷いと愚痴を零していたのがよくわかった。弥尋だって、こんな陰険なやり取りをしなければならないなら遠慮したいのは山々だが、今回ばかりは譲れない。

　これは弥尋に売られた喧嘩でもあり、宣戦布告でもあるのだ。その宣戦布告は、少しばかり的外れで遅かったけれども。

「とにかくだ。私とあなたが無関係なのはここにいる皆が証人だ。これ以上みっともない真似をしてあがくのはやめろ」

「どうして……どうしてですの？　私、こんなに三木様をお慕いしておりますのに……」

　どれだけこの茶番に付き合わなければならないのだろうか。

　いい加減うんざりした三木が口を開くより先に、

「慕うだけでその人が手に入るなら、貴女なんか順番待ちの列の遥か向こうにいるんじゃないですか」

　辛辣に言い放ったのは弥尋だ。

「隆嗣さんを慕う女の人はたくさんいるはずなんです。カッコよくて素敵な人なんだから、好意を寄せられないはずがない。貴女はたくさんいるそんな中の一人にしか過ぎない。好きだから、愛しているから？　だから好意を押し付けて、自分だけのものになってくれというのは、とても厚かましい願いで、相手のことなんか少しも考えていない」

弥尋のまさかの反撃に、桐島麗華の眉が吊り上がる。ついでに弥尋がここまで言うと思わなかった三木も目を丸くして、桐島麗華を見返す弥尋を見つめている。

「正直、俺は怒っているんです。人の大事な伴侶に向かって、ぬけぬけと婚約者だのなんだのと、貴女は何様のつもりなんです？　いつ隆嗣さんが貴女を好きだとか待っていただとか言いましたか？　言ってないでしょう？　妄想もいい加減にしてください。迷惑です」

きっぱりと言い放った弥尋の言葉は、いつの間にか静まり返っていた広くはない会場の中にいる全員が聞くところになり、紳士淑女の集まりにもかかわらず、なぜかヒューという喝采の口笛や拍手が起こるほどになっていた。

一種の修羅場ではあるのだが、先日からの一連の流れを知っている者たちにとっては、桐島麗華の独りよがりな横恋慕は明らかで、伴侶として立つ弥尋が譲れないのは当たり前のこと。自分の伴侶だと言い切った弥尋の潔さは、第一線で活躍することも多い女性たちには十分称賛に値するものだった。

「あ、あなた……よくも私にそんな口が利けたものね。あなたのご両親の会社がどうなってもいいと言うの？」

「潰されるような会社じゃないから平気です」

父の勤務先は民営化されても一企業がどうこう出来るような企業ではない。重役でもなければ重要なポストについているわけでもない平凡な父親の実直な勤務は、先日勤労表彰されたくらいだから職場の皆が知っている。長兄の会社はトウカ銀行とは関係ないだろう

し、仮にあったとしても大手企業なので潰される心配はない。自由人の次兄には直接の関係はないだろう。

「弥尋君の実家に手を出せば、トウカがどうなるか保証出来ないぞ」

というよりも、すぐにでも圧力が掛けられ、破綻に追い込まれるのも時間の問題だ。御園、葛原の二つが打撃を受けた件は政財界に明るい人間にはよく知られている話でもある。

しかし、

「その心配はございませんわ」

人込みの中から真っ直ぐに歩いて来たのは、白い髪を後ろで一つにまとめた上品な和装の女性だった。

桐島麗華がここへ来て初めて目を見開き、目に見えて明らかな狼狽を見せた。

「……大伯母様……」

トウカ銀行頭取夫人その人だ。

「ご挨拶が遅れて申し訳ございません。このたびは姪孫のしでかした不始末、夫ともども深くお詫びさせていただきます」

本当に深く弥尋と三木に向かって頭を下げた夫人は、顔を上げると桐島麗華を正面から見つめた。小柄な女性だが、迫力が違う。

「麗華さん、あなたがしたことがどれだけトウカの信用を落としたかご存知？　いいえ、知らないからこそ、ここにも顔を出せたのでしょうけれど、私は恥ずかしくてたまらないわ。謝るつもりならばと思って静観していたけれど、麗華さんのなさっていることは人として許されるものではありません。あなたのお父様とお母様は三木会長に土下座して謝罪なさいました。それもご存知ではないようね」

「パパとママが……」

「ええ。あなたの犯した罪の代わりに。もちろん、頭を下げて済むお話じゃありません。それがどういうことなのか、麗華さんはおわかりになるかしら？」

顔を蒼白にした桐島麗華は、大伯母の顔と三木の顔、それから周囲から突き刺さる視線を受けて、ぎりぎりと唇を噛みしめた。

「私は悪くないわ！　この男が！」

桐島の指は弥尋を指差していた。

「この男がいるから、三木様は私を振り向いてくれないのよ！　知っているのよ、私は。誘拐されて乱暴された分際で、三木様の傍にのうのうと居座っているなんて」

「……え？」

なんだか一部非常に身に覚えのある内容が桐島麗華の口から飛び出して、弥尋はふと隣を仰ぎ見た。

「隆嗣さん、もしかして知ってた？」

肩を竦めたのは肯定の印。

「そうか……そうだよね、そうじゃないと知ってるはずないもの」

弥尋が誘拐された話を知っているのは、三木の関係者のごく一部だけで、後は当事者しか知らないはずだ。そして、誘拐だけならまだしも、乱暴されたと言い切るところから、主犯は桐島麗華で間違いないとして、実行部隊は別にいることがわかる。

大学構内で弥尋を攫った人物は捕まったが、彼は攫ってホテルに放り込んだことは認めても、それ以外は否認していると言う。つまり、他にも把握されていない犯人がいるということだろう。

（でも俺、乱暴なんかされてないんだけど）

乱暴どころか丁重に扱われた覚えしかない。

察するところ、彼女は弥尋に肉体的にも精神的にも苦痛を与えようとしたらしいのだが、犯す予定だった実行犯は彼女の言いつけに背き、虚偽の報告をしていたということだろう。

なぜそんな離反をしたのかはわからないが。

「今の発言は自供とみなされる。ここにいる全員が今のお前の発言を記憶している。言い逃れは出来ないな」

「……そんなもの」

「言い忘れたが、私はこんなものも持っている」

三木が胸ポケットから取り出したのは、高性能の集音マイク。

「会話の内容は録音されている」

桐島麗華はわなわなと震えながら、弥尋を睨みつけた。

「あんたが……あんたがいるから……っ！」

咄嗟に避けることが出来たのは、鈍い弥尋にしては上出来だろう。

傍にあったテーブルからグラスを摑んだ桐島麗華が水の入ったグラスごと、弥尋へ投げつけたのだ。

「弥尋ッ！」

三木に抱き寄せられ避けた場所に、ガシャンと音を立てて割れるグラス。その割れたガラスの破片を桐島麗華は手に取った。

「弥尋、私の後ろに」

これ以上危害を加えるようなら、相手が女でも容赦はしないと前に立った三木だったが、桐島麗華がガラスを向けたのは弥尋ではなく、自分の首元だった。

「私と結婚してくださいませ」

「断る」

「か弱い女の願いを聞き届けてはいただけないと？」

「男を手玉にとって弄ぶ女のどこがか弱い」

「なにを……」

自分の命を盾にしてあくまでも三木に迫る桐島麗華は、自らを底辺にまで貶めてしまっていることに気付いていない。

脅して結婚を迫ったという事実は、この先もずっと彼女について回るだろう。あくまでも自分が優位だという姿勢を崩さない桐島麗華は、女だから死なせることは出来ないだろうから、という可能性に賭けたわけだが、相手が賭けに乗らなければ滑稽な一人芝居と同じだ。

どこの三流ドラマなのだと言いたくなるような沈黙を破ったのは、冷静な男の声だった。

「したいならすればいい。きっと誰も貴女を助けてはくれないだろうけれどね」

三木雅嗣が腕を組んで静かに言う。

「一人を許せば同じことがこれから先も起こってしまう。その点、貴女が命を盾にしても何も変わらないことを証明してみせてくれたら、馬鹿なことを考える女性は格段に減るに違いない」

「わ、私は本気よ」

「だからお好きなようにと言っている」

「……っ……」

桐島麗華は喉元に当てた破片を自分の喉に当て、ぐっと押しあてた。

弥尋の目は三木の手によって覆われていて、実際に彼女が何をしているのかを見ることは出来なかったが、さほど待つまでもなく結果は出たようだ。

トスと小さな音がしたのは破片がカーペットの上に落ちた音。

指の隙間からそっと窺えば、桐島麗華は清楚なお嬢様の仮面を脱ぎ捨てた形相で、床に座り込んで拳を叩きつけている。

「どうして……っ！　どうして私の思う通りにならないのッ！　私は桐島麗華よ！」

「たとえどんな肩書や身分があったとしても、誰もお前を選ぶことはないだろうな。ちやほやされていい気になっていたようだが、そんなまやかしに目を眩ませるような男ばかりではないということだ」

いつの間にか扉を開けて現れた男は、弥尋には見覚えがあった。

「あの人、隆嗣さんの上司の人だよね」

「十勝専務だ。今回トウカとの間に立って貰った」

桐島麗華の暴走は、直接的にはトウカ銀行とは何ら関わりのない話で、事をうまく運ぶために調停役を買って出てくれたのだ。

十勝将毅の後ろから入って来た警察関係者らしき私服の男たちが桐島麗華の腕を摑んで立ち上がらせ、部屋の外へと連れて行く。

「あの人、どうなるの？」

「弥尋君の誘拐の計画を立てただけでなく、他にもいろいろ脅迫や横領や何かの余罪があるらしい。女の嫉妬や見栄が理由でも犯罪は犯罪だから、然るべき場所で裁かれるだろう」

「そうか……」

だからと言って同情はしない。彼女の存在が多くの人に迷惑を掛け、不快にさせたのは事実なのだから。


桐島麗華の退場で、場は元の和やかな雰囲気を取り戻していた。流石にトウカ銀行頭取夫人は後始末の対応のため、

「後日お詫びに伺わせていただきます」

丁重な挨拶をして会場を去って行った。最後まで毅然としたその態度に、トップにいる人はやはり違うものだなあと感心してしまった。

弥尋は三木と一緒にテーブルの上の食事に手を付け、食べ始めていた。和服をテーマにしているせいか、並ぶ料理は和物が多く、座って食べるためのテーブルが幾つも用意されており、弥尋たちはその一つに陣取って、蒸しものや焼きものをつまんでいた。

兄の雅嗣は、桐島麗華が連れて行かれてすぐに会場を出て行き、まだ戻って来てはいない。

「あのね、気になっているんだけど、実行犯って結局誰だったの？　桐島さんじゃなかったんでしょう？」

華奢とは言え、平均的な身長はある弥尋を抱えるのは彼女にはまず無理だ。それ以前に、人を抱えるようなことをあのお嬢様がするはずがない。

尋ねる弥尋に、三木は不愉快極まりないと眉を寄せた。

「マエダオサム。外資系商社のエリートサラリーマン。弥尋君を攫ったのはこの男だ」

前田修。桐島の信奉者の一人で肉体関係のある愛人でもある。イギリスで知り合い、今回は彼女の望みを叶えるため、無言電話や封書を送りつけたのもこの男だ。他にも彼女に貢ぐために会社の金を横領したとも言われているらしい。

三木は自身も昨日知らされたばかりの内容を伝えた。

「自分の外見とバックをうまく利用して、男を食い物にしていたようだな。清楚なふりをして中身は毒のある花だったというだけだ」

ちなみに、三木の自宅の電話番号を漏らしたのは、前田に甘い顔で言い寄られた三木が勤務する会社の社員で、知らぬとはいえ重役の個人情報を漏洩させた意識の低さは十分問題ありと判断され、発覚と同時に解雇済みだ。

「じゃあもう外を一人で歩いても平気？」

「神経質になることはないとは思うが、出来れば買い物には私も連れて行ってくれると嬉しい」

「大学にはもう一緒に行けませんよ？」

「もう少し、弥尋君の学生生活を共に堪能したかったな」

「そうだね。いつか、隆嗣さんが入り込んでも大丈夫な時間割になったら」

寛ぎつつ、腹を満たしていると、

「よかった、まだ帰ってなかった」

雅嗣が笑顔で近づいて来た。それ自体は構わないのだが、彼の後ろから歩いて来る人物が問題だった。

「あれ？　芝崎先輩？」

紬に身を包んだ和服の青年は、普段は伸ばしたままの髪を後ろに流して整えており、いつもと雰囲気を異にしているが、大学の先輩、芝崎巳継に間違いない。

「どうして先輩がここに？」

いやそれよりも、

「お義兄さん、芝崎先輩と知り合いだったんですか？」

二人にはどこにも接点がなさそうなのにと思いながら三木を窺えば、三木も初耳らしく訝しげな顔をしている。

「この間、拾ったんだ」

雅嗣はにこやかに言い、巳継の眉が寄せられた。

「拾ったって言い方はないでしょう」

「事実だろう？」

一体どんな関係なのだと、弥尋でなくても問いたいに違いない。

「弥尋君は知っているよね。芝崎巳継君。芝崎製菓――クレアムの身内だ」

「そのクレアムの芝崎がどうして兄さんと一緒にいるんだ？」

不思議そうに首を傾げているところを見ると、二人が知り合いだったことは三木も知らなかったらしい。

「芝崎の家を叩き出されてしまってね、私が譲り受けたんだよ」

「ええと……ごめんなさい、どうしてお義兄さんが？」

「彼は私に借りがあって、返してもらうには傍にいて貰った方が何かと都合もいいんだ。卒業したらうちに来て貰うことも内定しているし、今のうちに我が社の精神と根性を叩き込もうと思って」

にこりと微笑む雅嗣はいつものようにたおやかだ。

だが、巳継の顔は強張っている。

よく見れば、巳継の顔色はあまりよくはない。その上、精悍な男前の部類に入る、彼自慢の顔の片側の頬を腫らしているのだ。

（最近、頬っぺた怪我してる人多いよな）

そんなことをぼんやりと弥尋が思っていると、

「弥尋君も、彼には堂々と命令していいからね。迷惑掛けるようなら私に言ってくれれば躾直す」

雅嗣がにこやかに言い、弥尋は黙ったままの巳継を見つめた。

（躾っ、躾って何！）

いやそれよりも。

（先輩、どうしちゃったんですか!?　いつもの俺様ぶりは）

（逆らえないんだよ、この人には）

弥尋に視線に気付いた巳継は肩を竦めた。

そんな風に二人が視線で会話していると、

「――なるほど、そういうことか」

三木にはわかったらしい。

「だが兄さん、躾はきちんとしてください。弥尋に嚙みつけば容赦はしない」

「当然そのつもりだ」

早々と会場を切り上げて家に帰った弥尋たちは、三木の上司から見舞いとして貰ったシャンパンで事件の解決を祝った。

三木は膝の間に座る弥尋の腰に腕を回して引き寄せた。

「やっぱり家が一番落ち着くな。こうして弥尋君にも気兼ねなくくっつける」

「なんたって我が家だもの。隆嗣さん」

「なんだ？」

「大好き」

答えはほんのり甘いシャンパン味のキスだった。

——了

名馬と弥尋君

三月末、弥尋は新婚旅行として初の海外旅行を経験した。

行き先はアメリカ。三木の妹の芽衣子が所持する別荘の一つで、二人でのんびり過ごすのが目的だった。たまに子供たちを連れた芽衣子がやって来て、弥尋を独占しようとしたりして三木が不機嫌になることもあったが、人生で初の海外旅行は誰に気兼ねすることもなく過ごせて、楽しい思い出もたくさん出来た。

何しろ、ボストンの郊外にある大きな公園ほどの敷地がコルワース家の私有地だというのにまずは驚かされ、乗馬が出来る個人宅というものに圧倒された。

その肝心の乗馬に関しては、馬に乗ることからしてまず困難を極めるものだった。

馬はたぶん、よくやってくれていたのだと思う。

一般の初心者の五倍以上の時間をかけて、よじよじと背に上った弥尋にも耐えたし、運動神経に心もとない騎乗者のために、ゆっくりと揺らさないよう、慎重に歩こうとしていたのかもしれない。

しかし、歩こうとするたびに背中から悲鳴が上がっては、足を動かすことなど出来はしない。

かつては競馬場で活躍し、引退後をオーナーのコルワース家に引き取られた彼――エディ＝バーナー五世は、つぶらな瞳で訴えた。

――俺には無理だ……。

果たして、彼の心の声、訴えが届いたのかどうか。それとも弥尋のあまりの狼狽ぶりに無理だと判断したからなのか、三木が手助けすることによって、なんとか弥尋は「乗馬気分」を味わうことが出来た。

自力で乗れなかったのは屈辱ではあったが、弥尋とて自分の運動音痴ぶりは自覚している。気を遣って乗せてくれている馬に感謝し、温かな目で見守ってくれていた三木や周囲に感謝しながらの馬上から見た景色は、大いに感動するものであった。

「凄(すご)い！」

　歩くたびに体が上下に揺れることに慣れることはなかったが、個人邸宅とは思えないほどの広大な敷地の中、緑の葉を付ける前の落葉樹の木立の間にいれば、どこか自分が他の世界に来たような気分になってしまう。

　騎乗していた時間はそう長いものではなかったが、弥尋には十分な感動を与えるものだった。

「ありがとう」

　そうしてお礼にと角砂糖を掌(てのひら)に乗せて馬の前に差し出し、ぺろりと舐(な)められて小さく驚きながらも、近づいて来た顔をそっと撫(な)でた。

　よく手入れされた嘗(かつ)ての名馬の栗(くり)毛は天鵞絨(ビロード)の手触りで、思っていたよりも大きな馬という生き物を最初は怖がっていた弥尋も、すっかり好きになってしまった。

　その後、馬に乗ることはなかったがたびたび厩舎(きゅうしゃ)を訪れては馬の世話をしたり、撫でさせて貰(もら)ったりと貴重な経験が出来たように思う。


　余談だが、初めての乗馬を経験したその夜、夜の生活でも騎乗位を求められた。

「弥尋君、今日の復習だ」

　寝転ぶ三木の上に跨(また)がって、熱い三木のものを中に挿(い)れたまま胸の上に手をつく弥尋は、下から何度となく突き上げられ、涙目になっている。

「やっ……隆嗣(たかつぐ)さん……そんな、あっ……っ……」

　昼間以上に揺さぶられ運動させられたのは、最早(もはや)言うまでもない。

三木さん奮闘する

三木は自分に誓った。

（受験生の弥尋君が心置きなく集中して勉強が出来るように生活を整えるのは私の役目だ）

と。

弥尋が十八歳になったその日に籍を入れたのは、互いの利害と気持ちが一致した結果なので、歓迎こそすれ、「早まった」などという後悔は一ミリもない。

毎日が天国！　毎日が楽園！

家に帰れば弥尋からの「おかえりなさい」の声があり、ハグをして頬にキスする一連の流れが待っていると思えば、どんな難題にも立ち向かえそうな気がする。

実際に、私生活が充実した三木は会社でもやる気に満ちており、

「結婚指輪さえなければ……！」

と三木を狙っていた女性陣を悔しがらせつつ、三木部長代理は人間味が増した！　と部下たちとは以前に増して良好な関係を築けているように思う。

あまり表には出さないようにしていたが、実は三木は自己肯定力が低く、卑下するまでには至らなくとも自信のなさが態度に現れることもあった。

それを指摘して、時に叱りながら、時に優しく抱擁しながら三木自身を丸ごと愛してくれる伴侶の存在の何とありがたいことか！

「会社のことは俺にはよくわからない部分もあると思うけど、困ったり、きつかったりしたら遠慮しないで言ってね。溜め込むなんて絶対にダメだからね。一人で考え込まないで、そういう時は俺を頼っていいんだからね」

綺麗で賢くて優しくて可愛くて……世の中に存在するすべての褒め言葉を凝縮したのが弥尋だと思っている。

弥尋と出会ったことで一生分の幸運を使い果たしたと考えていたが、長い人生を共に歩むのだ。使い果たすなどあってなるものか。幸運は自らが努力して摑むものだと一念発起した三木は、愛妻の愛情に包まれながら精力的に毎日を送っている。

　精力と言えば、三木が一番気になったのはそこだった。夫婦だから当然夜（だけではないが）の営みもあるわけで、高校に通う弥尋の体力を考慮して体を重ねるのは週末や休みの前の日だけと決めている。

　三木は決して性豪と呼ばれるほど絶倫ではないと思っているし、たぶんきっとそこまで弥尋に無理は強いていないとも思っている。たぶんだが。

　しかし、受験勉強に本腰を入れるならセックスの回数も減らす必要があるのではないかと考えてしまうのだ。

　受験まで間のある春と夏はまだいい。だが秋冬に関しては「なしよりのなし」の方に傾いてしまっている。

　決して……そう、決して弥尋とセックスをしたくないわけではない。むしろ金曜の夜と土曜の夜、たまに日曜の昼にベッドで睦み合うだけでなく、平日も弥尋の寝顔に下半身が暴走しそうになるのを宥めるくらいには欲望がある。

　天使のように清らかで可愛い弥尋が自分の下で頬を染めて体を捩って悶える。

「隆嗣さん……だいすき」

　なんて甘い掠れ声で言われてみろ。大して動いていないのに暴発必至だ。男の矜持を極限まで高めて根性で耐えてはいるが、天使で小悪魔な弥尋に陥落しそうになったのは一度や二度ではきかない。

　弥尋が常々不平を零す「弥尋からの口淫」に関しても、同様の理由から避け続けている。あれは駄目だ。絶対にすぐに出してしまう自信しかない。この世に封印されるべきものがあるとすれば、それは愛する人からの口淫がダントツ一位というのが三木の見解だ。

それはともかく、お玉を手に三木は器用に腕組みをした。大丈夫、まだシチューが焦げ付く時間じゃない。

「弥尋君に無理をさせないとなると週に一度……いやそれだとまだ負担があるな。夏休みまでは今まで通りで、九月からは週に一度か二週間に一度くらいに減らそう。それから」

三木はクッと目を閉じ苦悶の表情を浮かべた。

「……それから受験が終わるまではしないようにしよう。辛いがこれも弥尋君のためだ……！」

基本的に寝室で行為をする二人は着衣プレイにはまだ手を出したことはない。まだ、というところに三木の願望が見え隠れするがそれはこの際横に置くとして。

互いの熱が伝わる肌の触れ合いをするには裸でいなければならない。玉のような肌に浮かぶ汗、ほのかにピンク色に色づく弥尋のすべてが三木には宝物だ。

写真に撮って残したいが、昨今ではセキュリティの穴をついて流出した画像やデータの話があるため、写真には残さず網膜と脳と心臓にしっかりと焼き付けるしかない。惜しいとは思うが、自分だけの弥尋が他の人の目に晒されることを思えば仕方がない。逆に言えば優越感をこれ以上なく満足させることではあるのだが。

行為を裸でする以上その後のケアは大事だ。その点について三木に抜かりはない。場合によっては風呂に連れて行くこともあるし、温めたタオルを使って情事の名残を拭き取るのも三木の役目だからだ。時によってはーーシーツの状況によってはーーベッドを移動して眠りに就くこともある。

しかし、秋冬ともなれば寒さも無視出来なくなる。もちろん、快適な室温が保たれるようにエアコンは使っているし、床暖房もある。通常に生活する分には何ら問題はない。

だが今年は通常ではない。弥尋にとっての一大イベント、大学受験が控えているのだ。

快適な室温が保たれているとはいえ、常に家の中にいるわけではない。寒暖差に体が追い付かず体調を崩したり風邪を引いたりしてしまう可能性はゼロではない。それに、行為に熱中した直後や翌朝など弥尋の喉が掠れていることがある。

喘ぎ声は麗しいＢＧＭだが、喉の酷使はいただけない。そこから風邪に繋がることだってあるのだ。うがい薬は常備しているし、喉に優しい飴もキャンディポットに詰まっているが、悪くなってからではよろしくない。

つまり、と三木は鍋をゆっくりとかき混ぜながら考えた。いや、考えるまでもなくどうすべきかの結論は出ているのだが……それをするのは苦渋の決断だ。

「どう考えても秋冬は駄目だ。弥尋君の体調を一番に考えるなら私が我慢するしかない」

我慢は出来る、と思う。出会ってから意識し始めて、共に暮らすようになるまで肉欲は自分で処理してきたのだから、出来ないわけではない。他の人相手に発散させるなど夫婦の信頼を裏切ることは論外だ。

弥尋が受験勉強で大変な時に、相手をして貰えないからといって性欲解消を優先するなんて出来るわけがない。

「弥尋君以外に勃たないから私に限っては問題はないな」

その弥尋に欲情するから大変なのだが、

「――仕方がない。弥尋君が何よりも優先だ」

さすがに弥尋の見ている前で処理するのは遠慮したいので、入浴中に手早くささっと射精してしまうのがいいだろう。風呂上がりなら上気した顔も誤魔化せるし、すべてがボディソープの香りで上書きされる。

シチューをかき回し、竹串を刺してイモの中まで火が通っているのを確認し、コンロを止めた。三木の母親馨子直伝のシチューはルーから手作りしたもので、弥尋のお気に入りメニュー。今日のように三木が一人で料理する休日は母直伝レシピを使うことが多い。それに弥尋や自分の好みの味を足したり引いたりしながら、新しい「我が家のレシピ」が出来ていくのも三木の楽しみの一つではあった。

弥尋の実家の母親も料理は得意だが、彼女曰く、

「私のは庶民のお惣菜料理だから。手抜きしたり時短したりのほんっとうに普通の料理よ。だから凝ったお料理は三木さんのところでしっかり教え込んでください。ついでにそれを弥尋が私に教えてくれれば我が家の食卓も潤うから大歓迎よ」

らしい。

食事は美味しい方がいいに決まっているが、だからと毎日毎食絶品料理を食べたいわけではない。冷凍食品も使うし、まとめて作って冷凍保存したものを使うのは当たり前。

学生をしている弥尋は夕方からは自分の方が時間があるからと率先して食事の用意をしてくれているが、秋以降はそれも考え直した方がいいだろう。

毎食テイクアウトやデリバリーになったとしても、質のよい店に頼めば栄養の偏りを心配することもなく過ごせるのではないだろうか。

土日は三木が料理や家事全般をすればいいのだし、極力弥尋が自由に使える時間を確保する必要がある。

「弥尋君が好きな悠翠に頼めば作ってくれそうではあるな」

三木屋が経営していることもあるが、悠翠の大将――板垣が弥尋本人を気に入っていることもあり、便宜を図るのに難を唱えることはないはずだ。

「それに本川のお義母さんに頼んで弥尋君の分まで食事を作って貰って私が会社帰りにいただいて帰るのでもいいな」

義母には手を掛けさせてしまうが、結婚して別居した後もちょくちょく作りすぎたおかずを実家まで取りに来るようにと連絡をくれるくらいなので、あまり気

にしなくてよさそうだ。本川の家に迷惑を掛けたいわけではないため、たまの差し入れという形を取ればいいのではないだろうか。

　末弟を溺愛している次兄の実則なら相談すれば嬉々として差し入れにやって来そうではあるが、現実問題、スケジュール——顧客に縛られている彼が弥尋に会いに来る時間を捻出するのは難しいから、三木の方が、

「弥尋のために出来ることはすべてやれ！」

と尻を蹴飛ばされそうではある。

　言われるまでもなくそのつもりだ。

「今後の予定をスケジュールとしてしっかり管理しておく必要があるか」

　ふむと三木は独り言ち、お玉を置くと自室に向かった。シチューはしばらく置き、食べる直前に再度温めて出来立てのクルトンを散らすつもりだ。

　今日の弥尋は友人に誘われて塾の体験講習に出かけているため、帰宅するまでにはまだ時間がある。その間に頭の中で考えたものを文字に起こし、長期的なタイムスケジュールとして完成させなければならない。

「私の得意分野だ。頑張ろう」

　管理職として、広報企画として培った経験はこの時のために用意されていたのかもしれない。

　エプロンを外し忘れていることにも気付かず、三木はノートパソコンを自室から持って来るとスケジュール管理ソフトを立ち上げ、「私が考えた最高で最強の弥尋君受験対策」を打ち込み始めた。

　家庭教師を付ける・学習塾に通う・自主学習の三パターンを用意したのは、弥尋がどんな選択をしても過たずに対応するためのシミュレーションがアドリブに弱い三木には必要だと思われたからだ。

　三木は自分のことはきちんと理解出来ている男なのである。

　その後、帰宅した弥尋に温かいシチューと鶏肉のグリルなどの食事をしながら塾について訊くと、

「うーん、いまひとつピンと来なかった。今はまだ行かなくていいかなあ。家で勉強するのとあんまり変わらないし」

という返事。

全員で同じ問題を解くなら自宅でするのと変わらないというのが弥尋が思ったことで、塾に通う往復の時間が勿体ないという何とも気の抜ける……しかし弥尋らしい考えでもあった。

「弥尋君がそれでいいなら私は何も言わない。……まさかとは思うけど、塾の費用を心配して行かないと言っているわけではないよな？」

「それはないよ。父さんや母さんからも言われてるし、隆嗣さんにも甘えさせて貰ってます」

言いながらちょこんとおどけて頭を下げる弥尋が可愛らしく、テーブル越しに手を伸ばして頭を撫でた。

「私たちがしたいと思っていることだから弥尋君は気にせずどんどん甘えるといい。参考書や問題集も欲しいだけ買うんだぞ」

「うん。数をこなしてこそっとも言うしね」

ネットの世界には過去問などもたくさん転がっているが、手元でじっくり解くには紙媒体の方がいい。

「無駄にしないためにも頑張らなきゃ」

ぐっと拳を握る弥尋に気負いはない。

「あまり力を入れすぎないように」

「はぁい」

弥尋はシチューを口に入れ、満足げに笑った。

「このシチュー最高！　隆嗣さんは凄腕シェフだね！」

「お褒めに預かり恐悦至極」

三木は胸に手を当て一礼した。

この弥尋の笑顔を守るため、何が何でも頑張ろうと改めて誓うのだった。

季節は移ろい過ぎていく。

夏。個人面談を経て弥尋の志望校をあらかた決めた。結局弥尋は塾には行かず、学校で行われる夏期講習のみ申し込むに留(とど)まった。

　全国模試の上位に何名も名を連ねる杏林館(きょうりんかん)高校だけに、これまで培ってきたノウハウを注ぎ込んでの受験対策は弥尋にはよい刺激となったようで、

「塾よりこっちの方が刺激的」

と好感触だった。これまでも朝や放課後の補講に出席していたが、受験対策と名付けられた講習はレベルが違ったらしい。

　志望校が同じ生徒が多いというのも校内での夏期講習が成功する秘訣なのかもしれない。

　正直なところ、受験勉強に対しては三木が高校三年生の頃より遥(はる)かに弥尋の方が真面目で積極的だ。早々と推薦で年が明ける前に私大への入学を決めた三木と違い、弥尋は一般入試での合格を狙っているので長丁場だが、根気強い弥尋なら目標を達成出来ると信じている。

　弥尋を閉口させた暑さについては三木が万全のバックアップ体制を取った。幸いというのか、熱心というのか、それとも夏を熟知しているからこそというのか、夏期講習は通常の授業と同じ開始時刻なものが多く、三木が送っていくことが出来た。

　選択講義制のため午後からだったり半日だったりはするものの、三木が送迎出来ない場合は無理しないで暑さ対策を万全にして通学するようにと懇願した。

「大袈裟(おおげさ)だなあ。俺は運動音痴だけど虚弱体質じゃないよ」

　弥尋は笑うが、頑丈な成人でも熱中症で倒れる昨今なので用心に用心を重ねるのは悪いことではないと、熱中症対策グッズを厳選して持たせた。弥尋が前向きだったこともあり、折り畳みの日傘を持つことに抵抗がなかったのは僥倖(ぎょうこう)だった。黒か白かで二人の間で議論は起こったが、最終的に紺色に収まったのはどちら

の勝ちにカウントすればいいだろうか。

アメリカ在住の三木の妹芽衣子からも、

「いい？　弥尋君のお肌を守るのは兄さんの義務だからね。お肌に優しくて安全で過剰な成分を含まない若者用の化粧水や日焼け止めを厳選して送るから有効に活用してよ」

　という使命を授かったため、不要だという弥尋を何とか説得して使って貰っている。すべて日本国産だったのはまだ十代で日本人の弥尋の肌質を考慮してくれたのだと思われる。

「男に化粧水って必要なのかなあ……？」

　本人はとても懐疑的だったが、甥の優斗からの、

「あのね、ほっぺた、ぺちぺちするとひんやりしてきもちいいよ」

　という言葉で使用に賛同してくれた。五歳の甥に説得力で負けてしまって項垂れる三木を兄が慰めてくれたのが余計に物悲しかった。


　そんな経緯で使い始めた化粧水だが、風呂上がりに使ってモチモチ肌の手触りを気に入った弥尋が自主的に使うようになってくれたのは素直に喜びたい。

　体力勝負の夏場は食が進むよう、本川の義母に相談しながら献立を考えた。この時点ではまだ弥尋も家事をする余裕があるため、二人並んであれこれ意見を出し合いながら作るのは楽しかった。

　夜の生活は変わらず。ただ汗をかいた後のケアは念入りにするようになった。

　この頃から弥尋には散髪をする時は義妹の沢井がオーナーの美容サロン「サロンアフター」に通うように指示し、毎回リンパマッサージやヘッドスパなどの施術を受けるように言っている。

　肩凝りと腰痛は受験生の大敵なのだ。

　夏の終わりにそれとなくマッサージチェアの購入を弥尋に打診してはみたのだが、

「置く場所はあるけどそんなに頻繁に使うかなあ？」

否定的な言葉を貰って購入出来ずにいる。

自分用に購入したいと言えば弥尋はもっと熟考してくれただろうから、気が逸(はや)りすぎて話題の持って行き方を失敗した事例だ。

本人曰く、

「ヨガ用のストレッチポールもバランスボールもあるから、椅子を買っても使う機会はないような気がする」

らしい。

(甘いぞ弥尋君)

三木は心の中で首を振った。出張先でマッサージチェアを見つけた時の企業戦士の歓喜を弥尋はまだ知らない。何もせずに座っているだけで癒してくれる至高の機械、それがマッサージチェアなのだ。

強引に勧めても弥尋は「うん」と言わないだろうから、それとなくカタログを居間のテーブルに置いて興味を持ってもらうことにした。家電には興味を持ちやすい弥尋だから、他の家電品のパンフレットと混ぜておけばそのうち吟味してくれると期待して。

長期戦は覚悟の上である。

——結果的に弥尋が大学生になった今でもマッサージチェアの購入に至ってはいないが、温泉旅行に行った先で使ったチェアは気に入っていたようなので、旅先で実機を使わせつつ購入する方向へ持って行きたいところだ。


夏休みが終わり秋になると受験勉強も本格化して来た。同学年の生徒の中には年内に決定させたい推薦組が多いのと内申点を上げるため、これまで部活動に力を入れていた生徒たちも学力アップにシフトし始めたからだ。校内テストや模試での順位変動は当たり前のシビアな世界の到来に、弥尋本人よりも三木の方がドキドキハラハラの連続だった。

「もう、そんなに心配しなくていいのに。俺は俺でやれることをするだけだよ。隆嗣さんはただ見守ってくれているだけで十分。俺の勉強時間の確保のために家事も頑張ってくれているでしょう？　忙しい時に無理しなくていいからね？」

「私よりも弥尋君の方が大変じゃないか」

「大変じゃないとは言わないけど、隆嗣さんも他の人も通って来た道だし、これまでの延長って考えたら特別感はあんまりないんだよね。こう言うと遠藤には苦笑いされるけど」

　弥尋の友人遠藤始も同じ大学同じ学部を受験する同志でありライバルだ。学年首席を譲ったことがない不動の一位で、弥尋にとっては「遠藤はそういうものだから」で特別感はないらしい。

　二人の間にライバル心剝き出しのギスギスした感じがないのは喜ばしく、二人揃って仲良く合格して欲しいと願うばかりだ。

　この頃になると夜の営みも計画通り週一回や二週間に一度など間隔を空けるようになり、弥尋には随分ごねられた。

「俺がしたいの！　隆嗣さんは俺を欲求不満のままにさせておくつもり？　我慢する方が体に悪いし、余計に気が散るんですけど？」

　切り口上で面と向かってこんなことを言われてしまい、口籠ってしまったのは三木の失態だったかもしれない。

「いいもん。隆嗣さんがしたくないなら俺一人でするから。俺が一人でするのを隆嗣さんは黙って見てればいいよ」

　ぷんぷんと怒りながら拗ねる弥尋はとんでもなく可愛くて、おまけに有言実行とばかりに目の前で下着を脱ごうとしたので慌てて引き留めた。

「隆嗣さんはしたくないんでしょ？」

「そんなことはない。だけど弥尋君を疲れさせたくない私の気持ちもわかって欲しい」

「疲れるくらいどうってことないよ。それに、その、その後は満足してぐっすり眠れるから疲れるなんてことはないんです」

弥尋は上目遣いで唇を尖らせた。

「隆嗣さんが優しくしてくれたらいいだけじゃない？」と。

これで陥落しない男がいれば見てみたい。いや弥尋のあざとく可愛い仕草を見せる気はないが、それくらい破壊力のあるお願いだった。

当然三木は呆気なく陥落した。優しく丁寧に愛撫して、優しく丁寧にゆっくりと挿入して、優しくゆっくりと動いて——弥尋に「もっと強く」と涙目でねだられたのはいい思い出だ。

ただ、さすがに週末連日はきついだろうということで、弥尋には何とか週に一度のセックスで納得してもらった。負担を考えれば減らしたい三木だが、青春真っ盛りの若い弥尋に我慢する方が辛いと言われてしまえば納得するしかなく、妥協点がそこだった。

ただし、新年に入れば入試が終わるまでは行為を控えるとは先に弥尋に伝えた。

「隆嗣さんはそれでいいの？　我慢出来る？」

「弥尋君のためと思えば何だって我慢出来るさ。それに願掛けにもちょうどいいと思わないか？」

弥尋が志望校に合格しますように——。

○○するまで好きなことを我慢するというのは世間的にもよく使われている願掛けだ。

「仮にだよ？　仮に俺が受験に失敗してどこにも合格出来なくて浪人することになったら、隆嗣さん、一年間ずっとセックス出来なくなるけど、それでもいいの？」

三木は「うっ」と詰まった。しかしそこは大人の男、毅然とした態度で答えるのみ。

「弥尋君が浪人するなんてことは天変地異が起こってもあり得ないと思うが、仮にそうなったとしても祈願成就するまでセックスはしないでおこうと思う」

「本当に？」

「本当に」

「ふぅん？　天変地異が起こったら受験どころじゃないから大学に行くことは出来なくなるけど、それでも？」

「……受験をして不合格だった場合の話だ。弥尋君」

三木は弥尋を抱きしめた。

「私は絶対に絶対に弥尋君が合格すると思っているが、それは決してセックスをしたいから合格して欲しいと思っているわけではないぞ」

「そんなこと俺だってわかってます」

「逆に考えるんだ。仮にだぞ？　仮に弥尋君が私と二度とセックスをしたくないと考えているのなら不合格になればいい。だけど私とセックスしたいなら合格を目指すしかなくなる」

「……ずるくない？　それって結局俺が隆嗣さんとセックスするには合格するしかないって言ってるようなものじゃん」

ぷくぅと頬を膨らませた弥尋は、ぐりぐりと自分の額を三木の胸に擦り寄せた。

「もう合格するしかないじゃない」

「私のためにも頑張ってくれ弥尋君」

「頑張りますとも。隆嗣さんのためだけじゃなくて俺の性生活のためにも死ぬ気で頑張りますとも！」

「長くても二か月程度だ。大丈夫、あっという間に過ぎていくさ」

その時期になって過ぎる時間の速さに弥尋が焦らなければいいと願うばかりだ。

秋の程よい禁欲生活は弥尋の要望によって修正を余儀なくされたが、大きな変更点に至らなかったのは良しとしよう。

当初予定していた平日の夕食に関しては、弥尋からの「気晴らしになるから」という意見を優先して、弥尋に用意して貰っている。

一応本川の義母も配慮してくれて、余りものという体で惣菜やおかずになるものを届けてくれることになっている。

高校からの帰宅途中に弥尋が本川の家に寄ることで生じるタイムロスを考えてのことで、

「日持ちのするのとか、冷凍して食べられるものにするから好きに使ってね」

と義母からは言われている。マンションまで配達してくれるのは主に弥尋の長兄で、玄関先で受け渡しをするだけで長居せずに帰りはするものの、毎回のように弥尋に「無理だけはしないように」と気遣う言葉を掛けてくれるのは夫としてありがたいことだった。

弥尋と三木も夫婦という家族ではあるが、兄や両親に甘えた様子を見せる弥尋に、自分以外の拠り所があるのはよいことだと思う。

独占欲は確かにあるし、弥尋のことは自分が一番知っていると自負したい。しかし現実的に弥尋が十八になるまで慈しみ育てて来た家族の絆は強く、そこに悋気を持つほど狭量な男になりたくはない。

秋も深まる頃になると弥尋の就寝時刻も少しずつ遅くなっていった。

「隆嗣さんも朝早いから先に寝ててね」

そんなことを言われても、呑気に寝ていられるほど三木は強心臓ではないわけで、眠りに就いても浅いまま、弥尋が隣に潜り込んできてやっと安心して眠れる有様だ。

就寝時刻が深夜になり始めた頃、三木の眠りを妨げることに遠慮した弥尋が自室のベッドを使おうとしていたことがあるが、

「弥尋君がいつ眠ったのかわからないのは私が気になって眠れなくなるから一緒に寝てくれ」

とお願いし、それ以降はどんなに遅くなっても腕の中に入って来てくれるようになった。

「隆嗣さんは甘えん坊だなあ」

なんて笑って許してくれる弥尋が愛しすぎて、思わず涙が出そうになったのは弥尋には内緒だ。今やらなければならないという大変な時期なのに三木のメンタルケアまでしてくれるのだ。

こんな素晴らしい弥尋のために三木が出来るのは本当に些細なことしかなく、無力感に苛まれることもあった。

夜食にサンドイッチを作ったり、朝食も時間をかけなくていいようにトーストにしたり、弥尋のたっての頼みでカップ麺を箱買いしたり、甘いものをたくさん用意したり、弥尋お気に入りの森乃屋でスイーツを買い込んで来たり……本当に出来ることは少なかった。

祖父母からは森乃家本店の和菓子を取りに来いと催促され、弟の博嗣からは弥尋のための特別仕立ての菓子を用意したと言われ、使い走りにされることも多かったが弥尋のためになるならばと三木は頑張った。

併せて、学問の神様で有名な神社への参拝も欠かさず行った。合格祈願ももちろんお願いし、心の底から弥尋の合格を願った。

秋が深まる前、受験勉強が本格的にならないうちに弥尋を連れて九州の太宰府天満宮にもお参りに出かけ、一泊ではあったが温泉旅館でゆったり出来たのはよかった。

(白い湯に浸かる弥尋君はとてもよかった……)

家の風呂に入るのとは違った趣——シチュエーションは三木を大層満足させた。

受験が終わったら今度は近場に出かけるのも悪くない。本川の家族を連れてドライブがてら温泉旅行に行く話は以前からしていたので、弥尋も喜ぶだろう。

弥尋希望のみかんジュースが飲める温泉旅行に行くのは来年春かそれ以降になりそうだ。というのも、せっかくだからアメリカに来なさいよと妹が勧めるので、もしかすると国外に行く可能性が出て来たからだ。

受験生弥尋の世話を甲斐甲斐しくしつつ、三木は来年の予定を立てることにも余念はない。

楽しい未来。楽しい来年。

そんなことを考えてでもいないと三木のか弱い胃腸は耐えられそうになかったので現実逃避とも言う。


本宅的な冬の寒さが到来する前に弥尋の学習環境を整えるのも三木の仕事だった。足元ヒーターに電気毛布、肩が凝らない羽織物、温かい飲み物をすぐに飲めるようカップウォーマーもセットだ。

「こんなになくても寒くないよ？　エアコンだってついてるんだから」

「そうは言うが、座っている時の冷え対策は大事だぞ。背中と腰、足を温めるだけでも随分違う。寒さに体が強張ると肩も凝るだろう？」

「肩が凝ったら隆嗣さんにお願いするよ」

「う……それはもちろん弥尋君のためならいくらでも肩揉みはするが、肩を揉まれながら勉強するわけにはいかないだろう？」

「それはそうだね。字がヘニャヘニャになってしまうもんね」

「それはそれでかわい……んん、勉強の邪魔になるのはよくないし、私がいたら弥尋君も集中出来ないからね」

「背中にカイロ貼り付けておくだけで十分なんだけどなあ」

「カイロを貼るという時点で寒いと白状しているようなものだぞ」

そうだったと笑う弥尋に騙す気がなかったのは明らかで、三木はコツンと軽く弥尋の頭に拳を乗せた。

「わかりました。隆嗣さんのためにも素直に使わせて貰います。受験が終わっても役に立つのばかりだしね。電気毛布は居間のソファに寝転がっている時にも使えるし」

「寝転がるのはいいが弥尋君、くれぐれも風邪は引かないように気を付けて欲しい」

「はいはい。隆嗣さんは本当に心配性だなあ」

「そうだぞ、その通り、私は心配性なんだ。だから私の心の平安のために弥尋君には自分を第一に大事にして欲しい」

「俺としては隆嗣さんが俺のことを心配しすぎで円形脱毛症になったり胃薬のお世話になる方が嫌なんだけど」

「じゃあなおさらだな。それから断っておくけど、私に円形脱毛症はないし発症する予定もない」

「はいはい」

もう本当にこの天使な小悪魔はどれだけ三木をやきもきさせれば気が済むのか。いやわかってはいるのだ。弥尋は何にも悪くない。むしろ過剰なくらいに世話を焼く三木を鬱陶(うっとう)しがるわけでなく、三木の気が済むように譲歩してくれる。

そう思うと自分のやっていることは弥尋にとって迷惑で、逆に勉強の妨げになっているのではないかとも考えてしまい、どんよりとした気分になる。

「いっそ私が家を出た方が弥尋君は誰にも気兼ねなく自由に過ごせるのでは……」

「それとも受験が終わるまでは慣れた本川の実家で過ごして貰った方が気楽なのでは……」

「しかしマンションに一人にして弥尋君に何かあったら大変だ……」

「本川の両親は頼めば喜んで協力してくれるかもしれないが情けない夫だと非難されるかもしれない……」

どれもこれも三木が一人であたふたしているだけなのだが、こうなってしまった三木はマイナス思考一直線だ。

市販の胃薬を飲む量も増え、このままではいけないと幼少時から世話になっている松本(まつもと)医師のところへ恥を忍んで行ったのは弥尋が冬休みに入る直前だったか。

「隆嗣、お前はアホか、それともバカか間抜けか？」

会社の昼休憩の間を使って胃が痛むと受診した三木を問い詰めた老齢の医師は、遠慮なく三木を叱ってくれた。もしかすると罵倒に近かったかもしれない。

「あの子が大事な時期だとわかっているのにお前は何をしている」

「……」

「あの子は黙って受け入れてくれているんだろう？　なぜだかわかるか？　お前が感じている不安も何もかもをわかっているからだ。賢くていい子じゃないか。なのに夫のお前が一人であれこれ考え込んで空回っていてどうする」

「私がいると弥尋君の負担になると考えるだけで駄目なんですよ先生」

「だからそれが空回りで独りよがりだと言っている。わしはお前ほどあの子をよくは知らんがな、嫌なことは嫌だとハッキリ言える子だと思っているぞ。芯もしっかりしている。アホなお前が体調管理を怠って寝込んだ時もテキパキと世話を焼くだけの度量もあった。あの年齢で……というと偉そうに聞こえるかもしれないが、本当にお前には勿体ないくらいに出来た子だ。それなのにほんっとうにお前さんときたら……」

その後しばらくグダグダと小言が続き、言い返すことも出来ないまま三木は受け止めるしかなかった。

三十歳になるというのにこの老医師の前ではまるっきりの子供扱いである。そういう扱いをしてくれる存在は家族以外では上田（うえだ）弁護士と並んで貴重なので、ありがたいと言えばありがたいのだが、近しいだけに一度説教が始まると長くなるのが難点だ。

「私はどうしたらいいんですか」

「どうもこうもない。今のままであの子から苦情が出て来ないのならそのままでいいだろう」

「で」

も……と続こうとした言葉は「黙れこのカス頭」という眼力に押し戻されてしまった。

「わしはさっきも言ったぞ。嫌なら嫌だとはっきり言う子だと。許容範囲を超えたら絶対に口に出すはずだ」

「ではこのままでいいと？」

「現状維持だな。話を聞く限り、お前がやったことは別に邪魔になるもんじゃあない。気遣ってくれて感謝はしても邪険に思うほどのものじゃない。違うか？」

「考えてはいるんですよ、私も。弥尋君の邪魔にならないように弥尋君が快適に受験が終わるまで生活出来るようにしたいと」

「だからそれはすでに実践していると言っている。勉強中のあの子の部屋に押しかけるなんてことはしていないんだろう？　夜食を持って部屋に突撃も」

「してません。夜食も飲み物も弥尋君が自分のペースで取れるように準備はしていますけど」

「その距離感がわかっているなら大丈夫だ。本当に過保護な親の場合はな、あれこれと世話を焼きすぎた結果、鬱陶しがられて険悪になるもんだ。親子間でも夫婦間でもよくある話ではあるな」

「夫婦間……よくある……」

「隆嗣」

鋭い声に三木は再び落ち込みそうになった気分を何とか浮上させた。

「だからお前たちの場合は違うと言ってるだろうが。いい加減にしないとあの子をこの場に呼ぶぞ」

「そっ、それは困るっ。弥尋君には内緒で来たんです」

「何が困るもんか。何が内緒だ。逆に考えろ。あの子がお前に隠れて病院に行ったとする。お前は気にならんのか？」

「……気になるに決まってます」

「だろう？　あの子に知られたくないから昼を使って受診したのも正解だな」

「それは単純にこの時間帯しか取れなかったからです

よ」

「嘘言うな。退勤後すぐに家に帰りたいからだろう」

「否定はしません」

「はぁ……」

松本医師は大きな溜息を吐き出した。マンガなら白い大きな息が描かれていることだろう。

「それだけ溺愛しているお前さんがあの子と離れて生活出来るわけがないだろうに。妄想を膨らませて勝手に不安になったりするのは結構だが、出来ないことをあれこれ考えても無駄でしかないぞ」

「それも否定しません……」

「実家に帰らせても理由を付けては会いに行くのは目に見えている。今と何にも変わらんよ」

「……」

「要はお前さんの気の持ちよう次第。胃を痛くするのも勝手に不安に思って勝手にいろいろ思い込んで勝手に痛くしている隆嗣が悪いだけという話でしかないな」

「私は……入試が終わるまで耐えられるんでしょうか」

「それくらい耐えろバカ者」

「先生、薬はいただけるんですよね？」

「胃が荒れているのは事実だから軽いのを処方はするぞ。胃酸過多だな。お前は本当に昔から胃が弱い。弱すぎる。あの子の世話をするのはいいが、お前自身の体調管理を怠っているとまた寝込む羽目になるぞ。そうなったらお前が嫌だと言ってもここに連れて来て隔離してやろう。気にするな、その時はうちのばあさんをお前の家に派遣してあの子の手伝いをしてもらう。安心して何日でも寝込んでいるがいい」

悪役みたいなニヤリとした笑みを浮かべる医師に、三木は渋面を作った。

「よかったな。お前が寝込むだけで望みが叶うぞ。しかも入院という正しい手順での別居だ。あの子も安心して勉強出来るというもんだ」

ワハハと笑う老医師を三木はじっとりと睨んだ。

「弥尋君はそんなにドライじゃありませんよ」

半分不貞腐れての発言だったが、返された医師の声は真面目だった。

「そう思うなら心配を掛けるな。考えすぎるな。普段通りの生活の維持、それが夫であるお前に課せられた使命と心得ろ。なあ隆嗣、あの子は優しいだろう？　気遣いが出来るいい子だろう？」

三木は大きく頷いた。

「お前があの子を心配するように、あの子もお前を心配している。夫婦ってのはな隆嗣、一方通行じゃないんだよ。気遣いの出来る子がお前の不安に気付いてないわけないだろうが」

「弥尋君が気付いている……？」

「お前の好意と善意を素直に受け取っているだけかもしれないが、お前の気が済むならと許容している面は少なからずあると思うぞ」

「やはり迷惑に……」

「だからそれが思い込みだと言っている。埒が明かんなまったく！」

老医師は立ち上がると診察室備え付けの受話器を取り上げ、外部に連絡をした。

「ああ、わしだ。隆嗣の処方箋をそっちに送ったから薬局で薬を受け取って持って来てくれ」

「薬局には自分で行きますが」

「どうせ隣だ。ばあさんに頼んだ方が早い。その間にお前には叩き込んでおくことがありそうだからな」

ニヤッと笑った顔は今度こそ本気で悪役の顔にしか見えなかった。

「どうしようもないお前の性根を今日こそ叩き直してくれる。いいか隆嗣、お前がすべきなのはあの子に迷惑を掛けないこと。この一点のみだ。なあに、することはこれまでと変わらん。簡単だろう？」

はい、という以外に三木に言える言葉はなかった。

松本医師の言葉責めという荒療治が効いたのか、それとも貰った胃薬がよかったのか、三木の胃はそれ以上に悪化をすることなく弥尋と共に新年を迎えることが出来た。

年末ぎりぎりまで補講に明け暮れていた弥尋は、やはり学習塾の冬期講習も元旦特別講習も受ける気はなく、これまで通り学校の補講と自宅学習だけで乗り切ることに決めていた。購入した問題集の数は相当なものになったが、それをすべて解いてしまう弥尋のポテンシャルの高さに驚かされた。

自分の高校三年生の頃を思い出し、自分では頑張った方だと思っていたが、まだまだ上がいたことをこの歳になって改めて自覚させられた三木だった。

この頃になると三木もある程度開き直っていた。弥尋のために尽くす、その一点のみを最大の目標としてそれ以外のことは考えないようにした。

「今年一年ありがとう。隆嗣さんと結婚出来て本当に幸せ。——それから今年もよろしくね、旦那様」

テレビから聞こえる除夜の鐘の音を挟んでの弥尋の可愛いおねだりに応えなければ男じゃない。

「弥尋君、愛してる」

「僕もだよ、隆嗣さん……」

新年の初日の出を見ながらの弥尋との新年最初のセックスの詳細は省くが、最高だったとだけ記しておこう。この日だけは夫婦二人で水入らず、心置きなく過ごすことが出来て、ここしばらく不足しがちだった弥尋成分を補充することが出来た三木の機嫌のよさに、弥尋が安心したような笑みを浮かべたのが印象的だった。

なお、実家関係の家族たちへの新年の挨拶は弥尋の受験を理由に電話だけに留めさせてもらった。弥尋はすまなそうにしていたが、三木から実家に働きかけたのではなく実家の方から今はそちらに集中してと言われてのことなので、甘えさせて貰っている。

本川の実家も同様だが、三木デリバリー――夕食のお預かりは今も継続しているので三木だけが顔を出して挨拶しておいた。

「お仕事忙しいのに受験生を抱えちゃった三木さんも大変だろうけど頑張ってね。大丈夫、のんびりしてるけど弥尋はする時にはする子だから。あれこれ言わないで好きにさせておくのがコツよ」

弥尋よりも三木のことを労う言葉には自然に深く頭が下がる思いだった。

三木がどんなに焦ろうが淡々と日々は過ぎていく。

その頃になると三木に出来るのは神社巡りをして神頼みをするくらいだった。買った木札やお守りの数だけ三木の安寧は増えていく……わけではなく。

「あのね隆嗣さん、神頼みもいいけど俺のことも信じて欲しいな。神様だって困ってしまうよ？」

棚に並んだ札やお守りを前に、弥尋は丁寧に拝礼した後、三木に対して言った。

「今度神社に行く時には俺も一緒に行くね。隆嗣さんが合格祈願で巡った神社にお礼を言いに行かないといけないでしょう？」

それはつまり自分は絶対に合格するという弥尋の自信の表れであり、後は黙って見守ってくれというお願いでもあった。

「俺ね、合格するつもりで試験は受けるけど、それよりも受験が終わったらやりたいことがたくさんあるんですよ。前に言ってた温泉旅行にも行きたいし、芽衣子さんのアメリカにも行くんでしょう？　それに最近三木屋に行ってないからお店で新作も食べたい。優斗君と遊びたいし、おじい様の家の大きなお風呂にも入りたい。ドライブだってずっと行ってないし、本当にたくさんあるんだ。隆嗣さんには俺のお願いを全部叶えて貰いたい」

「もちろんだっ、もちろんだとも弥尋君！」

「我儘なお願いじゃない？」

「我儘なんてとんでもない。これを我儘というのなら世の中のお願いは全部我儘になってしまう」

「それならよかった。あと車の運転免許も取れれば取りたいな。俺ね、隆嗣さんの車に乗せて貰ってばかりだから、今度は俺が運転する車に乗せてドライブしたい」

「……うん、それは本川のお義父さんや志津さんに相談して考えようか。ほら、二人とも運転歴が長いだろう？　志津さんは本職だし適性もよくわかっているはずだから」

「兄ちゃんかあ……。兄ちゃんには反対されてるんだよね、俺」

運動音痴の弥尋に普通自動車運転免許証を取得させるなというのは、本川家と三木家に課せられた最重要機密だった。理由は語らずともわかる通り。学科は問題なく受かるだろう。しかし技能検定では落ちる未来しか見えない。だが万一技能検定にも受かって運転免許証を取得してしまった場合、周囲の頭髪が一気に白髪になるくらいの不安を抱かせることになりかねない。

弥尋の身も心配だし、事故の相手も心配だし、とにかく不安材料しかないのだ。

「弥尋君、夢は何も一度に全部叶える必要はないんだ。ゆっくり一つずつ時間をかけるようにしよう。その方が楽しみも長く続く」

「そっか。そうだね！　じゃあ当面の目標は温泉旅行と海外旅行にしておくね。あ、温泉旅行と神様へのお礼参りは一緒でも大丈夫かな」

「一日で全部を回れないから、こっちも順番にゆっくりかな」

弥尋はくすくす笑った。

「隆嗣さん、本当にいろんなところに行ってるもんねえ」

「弥尋君のために頑張った」

「ありがとう。隆嗣さんにはいっぱいいっぱい気を遣って貰ったね。でももうすぐ終わるから。そうしたら俺がたくさん隆嗣さんを甘やかしてあげるね」

「……ありがとう」

「俺ね、隆嗣さんが俺のためにしてくれたこと全部覚えてるから。兄ちゃんたちや母さんにも相談したりしたことだって全部知ってるんだ。本当は受験が終わるまで黙ってるつもりだったんだけど」

隆嗣さんの緊張がそれまで持つか心配になったから先にお礼を言うのだと笑う弥尋に、三木は深く深く頭を下げた。

本当に松本医師の言う通りだ。弥尋は三木の全部を知っていて黙って受け入れてくれていた。

「不甲斐ない夫ですまない」

小心者の夫ですまない。

「隆嗣さんは本当に心配性だなあ」

だから俺がついてなきゃねと大らかに笑う弥尋をギュッと抱きしめた。

「後少しだからね」

背に回された手がポンポンと三木の背中を撫でてくれる。

「俺のしたいことだけじゃなくて、隆嗣さんのしたいこともたくさんしようね。それから今年の秋と冬は去年と今出来なかったことをたくさんしようね」

「うん」

「泣くのは早いよ」

「……うん」

抱き返されて、自分が限界だったことを知る。

実母からは、

「隆嗣は気負いすぎて余計なものまで背負ってしまって、結果自分で立てなくなってしまうんだから限度を覚えなさい」

と言われ続けて自身でも改善するように努めていたが、今回のことでまだまだだとわかった。

「世の中の受験生の家族はこんなにも大変な思いをしているんだと気付かされた」

「だからそれが大袈裟なんだって」

弥尋はそう言うが、自分で目標を立てて勉強出来る人もいればそうでない人もいる。弥尋が優等生だっただけで、世の親の中には苦労する人も多いのだ。

「受験が終わったら隆嗣さんにいろいろお願いするって言ったでしょう？」

「すべて叶えるから安心しなさい」

「うん。それは是非にお願いしたい。だからね、お願いを叶えてくれる隆嗣さんには健康第一でいて欲しい。だって寝込んだり入院したり風邪引いたりしてたら、どこにも連れて行って貰えないもん」

「つまり」

「ちゃんと寝てください。ご飯は一緒に食べてるから栄養の心配はしてないけど、消化によくてあったかい食べ物がいいな。雑炊とかシチューとかうどんとか」

「そんなのでいいのか？」

「隆嗣さんが愛情たっぷり入れて作ってくれたのなら何でも」

「わかった」

「後ね、共通テストが終わった日は悠翠の鰻重（うなじゅう）？　せいろ蒸しが食べたい」

「前の日じゃなくていいのか？」

「ゆっくり味わって食べたいから終わった日がいい」

「じゃあその日は仕出しで頼むんじゃなくて悠翠に行って食べようか。板さんも喜ぶ」

「俺も楽しみだよ、板さんの料理」

ひとしきり夫婦で他愛のない会話をして、風呂に入った弥尋はまた勉強に戻ったが、三木の心はこれまでにないくらい落ち着いていた。

絶対合格すると弥尋が言うのなら絶対だと根拠なく

信じることが出来た。

それから最初のテストまでの期間を穏やかに過ごし、宣言通りに試験が終わったその日に料亭悠翠で弥尋所望の鰻のせいろ蒸しを食べ、開放感から情事に流れ込み……とはならなかった。

「とりあえずはお疲れ様」

悠翠からの帰りの車の中で眠ってしまった弥尋を宝物のように抱きかかえて我が家に戻った三木は、ベッドに下ろした弥尋の額に口づけを落とすと自分もそのまま隣に横になった。

「今日と明日はぐっすりお休み。そしてまた明後日から頑張ろう」

その後に行われた試験の手応えもよく、弥尋は無事に志望大学に合格することが出来た。

合格発表までの間に高校での卒業式に家族総出で参列したり、案の定再燃した弥尋の運転免許証取得問題を何とか穏便に片付けたりと慌ただしくはあったが、終わってみればあっという間の濃い半年だった。

三木の胃痛も再発することなく、穏やかで平穏な毎日を送ることの幸せを噛みしめずにはいられない。

そして。

「結婚一周年おめでとう」

デコレーションされたケーキを前に改めて二人で誓う。

「また一年よろしくお願いします」

「私こそよろしく」

今年もそして来年も、それから何十年先までもずっとずっと一緒に。

彼は如何にして飼犬になったのか

冷菓業界でもそこそこ名を知られている中堅メーカー「クレアム」創業者一族の一人として生まれた芝崎(しばさき)巳継(みつぐ)の人生は、生まれた時からイージーモードだったと言ってよい。

両親は親族席と揶揄(やゆ)される役員ではあるものの、おっとりした性格の持ち主で、決して奢(おご)ることなく堅実に職務を全うしていたせいか人望もあり、評判は悪くない。父親の秘書から妻の座に就いた母親は現在まで引き続き秘書であり、社内では父親の尻を叩(たた)きながら辣腕をふるっているとかいないとか。

そんな二人の間に長男として生まれた巳継は、幼い頃から「なるようになるさ」の精神で生きて来た。まだ二十二歳の若輩者ではあるが、幼稚園児の頃にはすでにその域に達していたと言ってもよい。

理由は上に三人いる姉たちの存在だ。長姉はなぜか語学の道に進み現在は私大で教鞭(きょうべん)を執り、次女は営業職、三女は事務員として働いており、堅実な将来設計が出来ていると思う。なお、三人とも仕事……貯蓄が趣味なので結婚には興味ないのが両親の悩みではある。

三人の姉は末っ子の弟・巳継に甘かった。甘かったといっても我儘(わがまま)放題唯々諾々とお願いを聞いてくれるという甘さではない。

とことんまで構い倒す。それが姉たちが巳継に示した愛情だった。食事の世話も着替えも、生活全般を姉たちが我先にと手を出すため、

「育児に手をかけなかったというよりも、手を出す間もなかったのよねえ」

とは母親の弁である。

巳継自身も早々に姉たちを説得するのを諦めたクチである。幼児らしく「自分で出来るもん！」と何度主張したことか。しかしそれらのほとんどは姉たちによ

って却下された。

「お姉ちゃんたちに任せておけば全部大丈夫よ」

ちなみに二十年近く経つ現在でも同じ台詞をのたまうのだから、筋金入りのブラコンだ。片側通行なのがせめてもの救いであろうか。

そうやって姉たちに育ててもらった巳継は、すくすくと成長した。姉たちの言うことを「ハイハイ」と聞いたふりをして流しておけば角が立たず、とりあえず相手が満足するのだと学んだのは小学生の頃。ソロバン、習字、水泳にピアノのメジャーな稽古事は一通り、歌とダンスにも姉たちが勧めるままに手を付けた。

元が器用だった巳継は、各々の分野においてもそこそこ上手に出来たため、姉たちの鼻はさぞ高かっただろう。姉が高校生の頃、友人たちの間で誰の弟妹が「凄い」のかを競っていた時期もあり、巻き添えになった弟妹同士でヤレヤレと溜息を吐き合ったのはよい思い出だ。

そんな三人の姉に囲まれて育って来た巳継に対する同年代の女性たちの評価といえば、

「芝崎君は優しいよ」

「こっちの言うことをめんどくさがらないでちゃんと聞いてくれる男の人ってすごく貴重」

「自分だけに優しいわけじゃないのは残念だけど、ふわっとゆるーく気楽にお付き合い出来るのはいいかなあ」

「怒ったところなんて見たことないよねえ」

「フレンドリーっていうのかな、話しかけやすい雰囲気があるから内気な子でも頑張って話しかけようって気になるみたい。話しかけたらちゃんと応えてくれるからいいんだって」

おおむね好意的なものとなっている。

男側からすれば、

「俺の○○ちゃんを返せ！」

と悔しい怨嗟の声も多いのだが、仲のよい男友達からすれば「それも芝崎だから」らしい。

誰にでも声を掛ける、いわゆるナンパ野郎だとも言われているが、巳継本人に言わせれば、

「とりあえず頷(うなず)いて、褒めて声を掛けておけば相手も喜ぶからいいんじゃない?」

という円滑な関係を築くための手段でしかない。幼い頃から姉三人に囲まれて育ち、彼女らに逆らうことで生じる自分にとっての面倒な事案を避けるために得た、巳継にとっての処世術ともいえる。

だからといって女性関係に苦労しているかというとそうではない。女性たちを甘やかしているようで、実は巳継の方が甘やかされ貢がれてイイトコ取りをしているのは事実。特定の恋人は作らないが、ソッチの関係で困ったことはないというリア充なのは間違いない。

知り合った女性たちとほどほどの距離を保ちつつ、遊びの関係と割り切って体込みでのお付き合いをすること多数。自然消滅がほとんどで、修羅場や刃傷沙汰(にんじょうざた)にならなかったのは運がよかった。本能で危険な相手を避けていたからだろうとは思うのだが。

しかし女性扱いにかけては百戦錬磨の芝崎巳継にも予想不可能なことはあるわけで。

大学に入学してすぐの合コンで四つ年上の桐島麗華(きりしまれいか)と知り合ったことは、巳継にとって人生における転換になったのは間違いない。

関係は何だと問われれば、

「セフレだ」

と胸を張って言える。酒に酔ったところを襲われて、上に乗っかられて朝を迎えてからの縁である。表に出る時には大人しやかな令嬢の顔をしているが、まるっきりそんなことはない。

お嬢様気質と言えば表現は優しいが、なんでも自分中心に回っていると思っている麗華にとって、十八歳にしてすでに女性の扱い方を心得ていた巳継は、虚栄心を満足させるアクセサリーだった。

パーティや会合へのエスコートは完璧で（姉たちに仕込まれていた）、話題も豊富で頭もよい（姉たち各々の趣味に合わせていたら多方面に詳しくなった）。

しかも有象無象の顔だけ男ではなく、資産家一族の御曹司。チヤホヤすることで女心を満たしてくれる存在は麗華にとってこの上なくよい「物件」だっただろう。ただ単に欲を吐き出すだけの体の相性はお気に召さなかったようで、ベッドでも彼女の思うままに奉仕する下僕たちとの情事を楽しんでいたようだ。

確かに巳継との間に愛も情もなく、セフレという言葉は正しい。ねちっこい下僕たちとのセックスに飽きた時につまみ食いするサラダのようなものだと巳継本人は思っている。

ある意味あっさりした関係だったから、彼女が海外に留学した時には、これで関係も自然消滅すると考えていた。

だから、まさか日本に戻るや否や呼びつけられるとは思いもしなかった――というのが巳継の正直な感想だ。

気に入った下僕に対して気前のいいお嬢様ではあったのだが、いい意味で大学生活で様々な人と交際を重ねた巳継には遊び相手として彼女は魅力的な存在ではなくなっていた。

一言でいえば「重い」のだ。

下僕の中には巳継よりも家格が上の子息らもいて、巳継以上に彼女に貢ぎ、お姫様・女王様として恭しく扱っていたものの、一番のお気に入りは巳継で、そのことで恨みを買ったこともある。

ご指名を受けて一応の協力をするふりはしたが、シャレにならない犯罪に足を踏み入れる前にフェードアウトする予定だった。

――そう両手を合わせて謝罪したところ、

「言い訳は結構」

とんでもなく冷ややかな応対をされてしまったが。

巳継が思うに、今回の「三木弥尋誘拐」に乗り気だったのは、主犯の麗華よりも、麗華の気に入らないものを排除し続けて来た下僕たちだったのではないだろうか。

　逮捕された二人の実行犯は誰よりも計画に積極的で、自分たちが主導権を握りたがっていた。

　良くも悪くもお坊ちゃんだった下僕二人は、対象が大学生だからと甘く見ていたのかもしれない。攫ってしまえば終わりだと。

　腹立たしいのは汚れ役——乱暴する役に巳継を当てたことだ。男を相手にしたくないという嫌悪感よりも、三木弥尋に直接手を出したのは自分たちではないと予防線を張っていたつもりなのだと思う。

　馬鹿らしい。

　自分たちが誘拐の実行犯なのを忘れてしまっている。心身に傷を付けるだけが犯罪ではなく、誘拐もれっきとした犯罪なのを彼らはまるっきりわかっていないのだ。手を出さなかったから許される——そんなことあるわけがない。

　ついでに彼らはツメも甘かった。

　運ばれた三木弥尋を部屋に入れると彼らはさっさと立ち去った。後は巳継が全部やると信じて。

　まあ、

「ヤッてるところ見る？」

と言って追い返したのは巳継なのだが。

　お気に入りの後輩は丁重に扱った。綺麗な肌に擦過傷が付かないようにタオルを挟んで縄で縛った。バッグも没収しないですぐ近くに置いた。

　下僕に携帯電話は大学で落としたままだと聞いた時には「間抜け」と笑いたくなった。処分しないでその場に残したなど、事件性があると伝えているようなものだ。

　あの三木屋の関係者なのだ。マイクロチップが埋め込まれていると言われても笑って否定することは出来ない。所持品のどれかにＧＰＳが付けられていても不思議ではないのだ。

　下僕たちは自身らもお坊ちゃまなのに、そのことにまるっきり思い当たらないのが失笑を誘う。巳継自身も過保護な姉たちに位置情報がわかる時計を持たされているし、従弟の一成も同様だ。彼らは、おそらくそんな配慮がされていることにすら気付いていないのだろう。

　鍵だけ掛けて部屋から出た巳継は真っ直ぐに大学へ戻った。落としたという携帯電話のことも気になったし、どんな状況になっているのかを自分の目で確認したかったのもある。

　新入生や二年がほとんどのキャンパスだが、年齢不詳の学生が歩いていたり、院生がいたりと四年の巳継がいても違和感はない。

　弥尋と出会う前から、後輩たちとの交流を楽しむために用がなくても移動時間をかけてまで通っていたため、巳継がひょっこり顔を出しても「ああ、またか」で済まされてしまう下地が巳継にはあったのだ。

　攫われたと思しきトイレの付近で携帯電話は発見出来なかった。当たり前だ。すでに一時間以上が経過している。その間、閉鎖されているわけでもない建物の廊下に携帯電話が落ちていれば、一般的な良識の持ち主なら学生課に届けるだろうし、そうじゃないなら自分のものにするか売り払うかするだろう。

　一応最高学府なので、後者のような人物はいないと思いたいが、巳継のような男もいるのでは説得力はない。

　そんな状況の中、弥尋が受講する予定だった講義に目星を付けて覗いたり、同じ学部の友人の様子をさりげなく窺ってみたが、不在に対して疑問に思う学生は巳継の見た範囲にはいなかったように思う。

　多くの時間を弥尋と一緒にいる遠藤の姿は見かけなかったので、捜索に出ているのではないかと思われた。

警察はまだ動いていない。表面上は。

（だからって現場に戻るかー？）

自身のことではない。誘拐実行犯の下僕のことだ。

あろうことか！　連中はわざわざ大学まで戻って、しかも誘拐現場までノコノコやって来たのだ。

アホだ馬鹿だと何度心の中で罵ったことか。

巳継はいいのだ。学生だし、普段からうろちょろしているので見られても問題はない。それに現場周辺を確認するのもトイレに入ってただ歩くだけという自然な行動。怪しまれる要素は一つもない。

多少老けていようがそれはいいのだ。学生の中には巳継より年上は少なくないのだし、他の学生の顔を覚えている人など現実的にいやしないのだから。

しかし！　馬鹿正直にスーツを着て、何かを探すようにふらふらしている男たちは印象に残るに違いなく。

巳継に三木弥尋を任せて安心したのか、自分たちの仕事は終わったと気が抜けたのか、今になって携帯電話のことを思い出し確認しようと考えたのだろう。

犯人は現場に戻る。

まさにその展開なわけだ。

そしてさらに間の抜けたことに、知らぬ顔で通り過ぎようとした巳継を見つけるとすぐに、

「なんでここにいるッ」

なんて大声で怒鳴りつけたのだから処置なしだ。

先日下僕の一人が大学まで押しかけて来たのを目撃されているというのに、目立つことをするなんて自分たちが犯罪者だという自覚はないのかと百回でも問い質したい。

いや自覚がないからこの態度なのだろう。

巳継としては、麗華が示唆し、下僕たちが嬉々として乗った誘拐レイプ事件計画という名の泥船で心中するつもりは毛頭なく、携帯電話の有無を確認次第、三木弥尋の居場所をそれとなく三木屋にでも密告する予定だったのだが、変わってしまった。

とっくに麗華のところに報告に戻っているだろうと思っていた下僕らと現場で鉢合わせするとはついてない。

　三木弥尋に「手厚い処置」を施し、ファストフード店でバーガーを食べて時間を調整しつつ戻って来たというのに。ほんの数分でも違っていればすれ違うこともなかっただろうに。本当に運がない。

　衆目のある場所での言い合いはまずいと駐車場に誘導し、そこでお別れするつもりだったのだが——。

　まさかその判断が、最も出会っちゃヤバイやつに会うきっかけになろうとは……。


「——つまり、自分は悪くないと？　そう言いたいのかな？」

「いやそういうつもりではなく」

「だけど君が言っているのはそういうことだよね？　参加はしたけどドタキャンした。計画通りに行動しないでレイプもしなかった。ウィークリーマンションの鍵を管理していたのは自分で、誰も手を出せないようにしていた。すぐに居場所を教えるつもりだった——だよね？」

「そう、です」

「それで許されると本気で思っているのなら、救いようがないな。今すぐ退学して幼稚園からやり直した方がいい。うん、本当に同じ大学で学ぶ学生に失礼だ」

　やれやれと擬音が付きそうなほど大袈裟に肩を竦めながら、巳継を見る視線はどこまでも冷たい。

「そこまでですか……」

「それだけのことをしているんだよ、君は」

「……すみません」

　実際、巳継自身も自分に都合のよい言い訳なのはよくわかっている。単純でお気楽な下僕たちなら、

「それもそうか」

と、納得するかもしれないが、巳継の目の前にいるのはそんな能天気な人種じゃない。

三木雅嗣。三木屋の次代を担う副社長で、桐島麗華が所望する三木隆嗣の兄である。義弟となる三木弥尋との関係がどうなのかは知らないが、表立って不仲という噂はないため、普通に良好なのだろう。

あの三木弥尋と不仲になる方が難しいような気はするのだが。

（けど、見た目と中身は同じじゃないって一成が言っていたか……）

実際に話をしてみて頷けるものはあった。俗に言う「大学デビュー」で弾けることもなく、浮かれている連中からみれば淡々としすぎるくらいに普通の学生生活を送っている。

新歓コンパにこそ出席したが、その後は誘われてもはっきり断っている。自分の容姿に自信のある女子学生数名が「お誘い」を掛けたこともあるようだが、結果は全滅。玉砕者多数で未だファストフードやファミレスにすら誘うことに成功したものはいない。

麗華が熱を上げている三木隆嗣の伴侶だと知ってしまった今では、断るのは当然だと思ってもいる。

年齢差のある二人だ。どちらが先に告白したのかまでは知らないが、少なくとも三木屋の圧力に三木弥尋が屈した政略結婚ではないらしい。

さすがにその辺の内情を知るには巳継は部外者すぎたため、うわべのことまでしか知らない。

桐島麗華が三木隆嗣の入籍を政略結婚だと、意に添わぬ婚姻だと思い込みたくなるのもそれが理由だとは思うが、冷静に考えればわかるはずだ。

政略結婚は家と家との結びつき。一般家庭である三木弥尋の実家に政略結婚を強引に進めるだけの力はない。決して弥尋の家庭を貶めているわけではなく、何らかの利害関係に起因するのが政略結婚だからだ。

弱みを握られているとか、何らかの重大な瑕疵が三木側にあるとか、加害者と被害者の関係とか、想像すれば理由付けは出来なくはないが、現実味に欠ける。

しかし、桐島麗華はそう信じている。三木隆嗣が脅された、もしくは何らかの弱みを握られていたため仕方なく結婚したと思い込んでいる――らしい。

らしいというのは、あのお嬢様が何を考えているのか判断のつきかねることが多いからだ。

三木隆嗣が困っているのを助けるということを大義名分にして三木弥尋の排除をする、というのが最も麗華が考えそうなことだ。

脅された事実などあってもなくても麗華には関係ない。排除する名目があればそれでいいのだ。

浅知恵にもほどがある。

しかし、巳継は先ほどからベッドの端に座って冷たい視線を浴びせかける三木雅嗣の顔を盗み見た。

(この人にとっちゃ、俺こそが浅知恵にもほどがあるってやつなんだろうな)

気まずいことこの上ない。

事情聴取というより個別尋問の場として車に乗せて連れて来られたのは高級ホテルの一室ではあったが、いわゆる普通のシングルルームだったため、巳継がソファ、雅嗣がベッドを使っている。

デスク用の椅子もあるのにそちらを使わないのは、ベッドに座った方が巳継を見下ろせるからではないかと想像する。三木雅嗣も長身だが巳継はそれを上回るので。

そんな些細なことで優位に立ってもどうしようもないため、現実逃避でしかないが。

「――聞いているのか?」

「はい」

現実逃避をするのも許してくれそうにない。

シングルルームとはいっても広さはあり、ベッドはダブルだ。

いつも桐島麗華が使うホテルの部屋の方が広さも派手さも上だが、落ち着き具合は断然こちらが上だ。令嬢の方は寛ぐ空間ではなく、自分の虚栄心と性欲を満足させるのが目的なので、必然的にそうなってしまうのだろう。

加えて部屋主は自分をお姫様だと思い込んでいる令嬢で、居心地の悪さなら尋問中の今より格段に勝る。

床に正座をさせられてもおかしくないのにソファに座らせて貰えるのは幸運だ。とは言っても背凭れに背を預けてリラックスというわけにはいかないから、背筋は伸ばして座っている。柔らかく沈むソファに真っ直ぐ背筋を伸ばして座るのも苦痛になると知った二十二歳の春だった。

「あのさ、君、本当に私の話を聞いてる?」

「い……んんっ、も、もちろんです」

低い声に思わず「イエス、サー」と返事をしそうになったのを喉が詰まったふりをして誤魔化す。成功したかどうかは不明だが、

「ここまで胡散臭いとどれが本当でどれが嘘かわかりにくいな。それも計算込みなら狡猾だけど……」

そこでチラリと巳継を見て首を振る。

「そこまでのことは考えてなさそうな顔だ」

残念ながら勝手に立ち上がることが許されない今、鏡で自分の顔を確認することは出来ないものの、予想はつく。なぜならば、学友たちにも似たようなことをよく言われているからだ。

「芝崎って何考えてるかわかんないよねー」

「難しいことを考えてないのはわかるけど」

「その笑い、やめなよ。すっごく胡散臭い」

「詐欺師がしそうな面だな」

「外面笑って内面で嗤われてそうで、そこに気付くと熱が冷めるのも早いんだよねー」

「チャラ男は何も考えてなさそうだけど、芝崎の場合は腹に一物ありそうなのが透けて見えてどうも。友人

として付き合う分にはいいんだけどな」

……あまりの言い草に思い出したら悔しくなってきた。

広く浅くの人付き合いを実践する男、芝崎巳継。高校時代に一部界隈(かいわい)で呼ばれていた「ハッポウ」という仇名(あだな)は「八方美人」からくる。女性に甘くなってしまうのは幼少期からの刷り込みだから仕方がない。今ではさすがに姉たちも過干渉はして来ないようになったが、波風が立たないようにする立ち回りはしっかり継続中なのである。

しかし、その習性も修正する必要が出て来た。シャレではなく、マジに。

なにせ、

「頭脳は悪くないのに、どうしてそんなに頭が悪いのかな。さっさと切っておけば余計な騒動に巻き込まれないで済んだものを」

心の底からそう思っている雅嗣の呆(あき)れと同情が、グサグサと胸に突き刺さる。

「私が言うのもあれだけど、感性が駄目だと判断したら即断して縁を切った方がいい。接近禁止令まで出して貰えるならそれもセットで」

「そこまで酷(ひど)い待遇じゃなかったんですよ。だから逆に見誤ったというか」

雅嗣が鼻で笑った。

「甘い。危機管理能力は鍛えるべきだ。親族としてクレアム社に就職するなら、ハニートラップや醜聞(スキャンダル)には気を付けた方がいい。当然教えて貰っているはずだと思っていたけど、私の勘違いかな？」

「ここまで大ごとになるとは思わなかったし、それに醜聞になって困るのは向こうも一緒だったから」

平気だと思ったのだ。男の自分より女の令嬢の方がゴシップ誌に取り上げられたら困るだろうから、それは絶対にないと思っていた。

過信だと今ではわかる。

あの令嬢、桐島麗華は自身の醜聞ですら何かに利用しようとする人間だ。深く考えずに形振り構わず仕掛ける分、予想もつきにくく対応も後手後手に回ってしまう。

三木弥尋誘拐計画が失敗したのは、元々巳継の意思一つに委ねられた博打のようなお粗末で杜撰な計画だったのもあるが、桐島麗華が主体的に動かなかったからだ。

誘拐された三木弥尋と令嬢を会わせないよう説得した自分は褒めてもらってもいいと思う——と主張したいが、言葉にしたら最後、冷えた視線だけでなく物理的に痛い目に遭いそうで口を噤む。

すでに部屋に入ってルームサービスが届き、完全に密室に二人きりになった途端、顔に一発貰っているため、二度目がないとは保証出来ない。

（まさか頼んだ氷の使い道が自分の手と俺の顔を冷やすためだったなんて……策士だ）

氷を入れたアイスペール、有名な炭酸水ペリエ、ついでにグラスが乗ったワゴンを見た時には、円滑に会話を進めるための小道具ぐらいにしか思っていなかったが、まさかの使い道にびっくりだ。

金持ちはやることが突飛もない。

殴られた痛みよりも、暴力沙汰には無縁の優し気な風貌の雅嗣から繰り出された拳にびっくりで、その後投げつけられたナプキン（氷が包まれていて痛かった）をぼんやりと受け取ってしまった。

保身第一だったから最初から抵抗する気は皆無だったが、文字通り、この最初の先制パンチで毒気を抜かれたというか機先を制されたというか、すべてにおいて支配権が誰にあるかを叩き込まれた感じだ。

虎に睨まれた子猫。

巳継は自分が未熟な子猫であるのだと嫌でも自覚させられた。

とにかく怖いのだ。たとえ三木弥尋を傷つけないよう配慮していたとは言っても怖い思いをさせたのは事実だし、もっと深いところを探れば、巳継自身が桐島麗華と離れたいために利用したとも言える。

「……三木は、無事だったんですよね？」

殴られた後で、もしや何か手違いがあったのかと冷や冷やしながら尋ねると、

「無事ではあるよ。怪我はしていたようだけど元気にしている」

「怪我！　怪我なんてするようなものは何も置いてなかったはずなのに……もしかして！　俺がいない間に誰かが来たとかですか？」

傷一つ付けないように気を付けていたつもりが配慮が不十分だっただろうかと恐れ戦いていた巳継が言われたのは、

「誰かに危害を与えられたわけじゃなくて……。弥尋君自身は誰も何も悪くないと主張はしているんだけどね」

巳継自身もよくわかっていないようだった。なんでも三木弥尋自身が、

「大丈夫！　これは単なる不注意というか不可抗力です！」

と主張したかららしい。

「ちゃんと病院で診断してもらって軽い打ち身だと言われている。頭だからCTスキャンまでして貰って、何もないのは確認済み」

「それはよかった……」

「ふぅん、危害を与えるつもりはなかったって言うのは本当らしいね」

あくまでも冷たいままだが、一応の誠意は認めて貰えたようだ。

しかしその後も桐島麗華の情報を洗い浚い吐かされ、途中途中で蔑みの目で見られ……。

これまでの巳継の人生の中でここまで他人に主導権を握られたことはなく、しかも取り返す未来が少しも

見えないのは初めてで、ここにきてようやく巳継の中に危機感が生まれた。

　相手は三木の直系副社長。対する巳継は芝崎の直系筋ではあるが跡取りとは関係なく、一親族でしかない。単なる学生の身で、この件で身内からの後ろ盾はないと思っていた方がいい。むしろ擁護したらクレアム社ごと三木屋に切られてしまう。

　三木弥尋と従弟の一成は高校の先輩後輩で円満な仲で、その関係が壊れることはないにしても、企業対決になったら負けるのは芝崎だ。個人としての関係は良好でも会社が絡むと甘くいられない。

　大人になるというのは何とも世知辛いことだ。

　そんなことを考えていると、パタンと音がして、三木雅嗣が膝の上に乗せていた手帳を閉じた。マスタード色の革カバーの分厚いシステム手帳には、ホテルに連行されてからずっと聞き取りを重ねた巳継の証言が詳細に書かれているはずだ。

　それを元に量刑を判断するのだと思うのだが、告訴されるか、示談で止めるかは雅嗣の一存では決められないはずだ。無罪放免になると楽観はしていない。

　チラリと盗み見ると、雅嗣はスマホを操作していた。音声通話ではなくメッセージアプリを使ってのやり取りなのは、目を離せない巳継には聞かせたくない話だからだろう。

　時々眉間に皺を寄せつつ、難しい顔で文字を打っているため内容は非常に気になるが、教えてと頼める立場にないのは自覚済み。

　命じてくれればバスルームにでも籠っているのだが、それよりも目の前にいる安全を優先した形だ。自分で言うのも情けないが、自責の念に駆られて……なんてことは絶対にないと断言する。

　まだまだ遊びたいし、やりたいことはたくさんある。高慢な令嬢とアホな下僕たちの巻き添えで自分が損を被るのは御免だ。すでに形振り構っていられない状況にどっぷり浸かっている今、打算でも媚でもなんでもして切り抜けるのが先決。

断言するが。桐島麗華の我儘に「はいはい」と応じたことはあるが媚びたことは一度もない。だからこそ、彼女は巳継よりも自分をチヤホヤする下僕たちを重用していたのだから。

彼女たちと心中する義理はない。そもそも三木雅嗣と鉢合わせた時点で逃げる選択肢はなくなっている。名前も住所もすべてを知られている時点で巳継の退路は断たれている。

それを主張したところで、

「君のどの部分を信用しろと？」

なんて言われるに決まっているから声に出しはしないが、巳継が逃げないのも三木雅嗣にはわかっているのだろう。

圧力を掛けているのだ。目を逸らさず見つめることで与えられる圧力、言葉攻めによる圧力、三木雅嗣という存在から与えられる圧力。

広い部屋でよかった。狭い部屋だと雅嗣との距離も近く、今以上に息が詰まったことだろう。

しばらくメッセージのやり取りをしていた巳継がやっとスマホをベッドの上に置いた。

それをじっと見ていた巳継に向かって雅嗣が笑う。

「誰と何をやり取りしているか気になるんだろう？」

「そりゃあまあ、こんな状況ですから」

「教えられる分については教えるよ」

「……笑いながらそんなことを言われても……逆に怖いんですが」

「そうなのかい？　誘拐に加担するのとどっちが怖い？」

「……嫌な質問だ。あなたって怖いですね」

見かけによらず。

「そりゃあ大事な家族が被害者なんだ。怒っていないわけがない。家族といえば芝崎の方には連絡済みだよ」

「……そうですか」

驚きはない。当然そうであって然るべきで、対応は間違っていない。

「連絡は誰がしたんですか？」

雅嗣は自分を差さした。

「私。現時点で一番情報を持っているのが私だからというのもあるけど、他の人たちは今はちょっと手が離せなくてね」

仕事で、というのではないだろう。財界に顔が利く老舗和菓子屋の家族が対象となった事件だ。各方面への対応に忙しくてもおかしくない。

「いつ？」

「ん？　いつ芝崎に連絡したのかってことかな？」

「はい。俺、ずっと目の届くところにいましたよね」

「たった今だよ。スマホを触ってるところ、見てただろう？　その時に」

三木屋副社長三木雅嗣からメールが届くことをあらかじめ秘書から巳継の父親に伝えてもらい、了承を得てからメッセージを送ったというのだ。

「君にとって気休めになるかもだけど、桐島麗華が起こした不祥事に関わっているから事情聴取のために身柄を預からせてもらっている——という内容でね。後出しになるけど、君が神妙に座っている写真も一緒に送ったよ。預かっているだけで拘束も拷問もしていないっていう証拠は必要でしょ」

「拷問、しませんよね？　もう写真を送ったからとかで」

「そんなことはしない。顔が腫れているのは後々わかるだろうから先に、私が殴ったことは書き添えてある。それと詳細は後日とも。諸悪の根源を叩き潰すまでは外に漏れない方がいい」

諸悪の根源。確かにそうだ。彼女が三木隆嗣に横恋慕さえしなければこんなことにはならなかった。

「父は何て言ってました？」

「事情を教えてくれと。当たり前だよね、家族なんだから」

三木雅嗣の大事な義弟を危険に晒したことへの嫌味が多分に含まれている台詞に、胃がシクシクする。

他人は巳継のことを飄々としていると言うし、巳継自身も柳のごとく受け流す性質だと思っていたが、案外そうでもなかったらしい。

「犯罪に関わっている恐れがあるから捜査の都合上、今は何も話せないことは理解しているとは思うけど、それと感情とは別だから、気になってやきもきはしているだろうね」

両親には悪いが、警察から直接知らされるよりマシと割り切ってもらうしかない。

「俺から連絡は」

返って来たのは冷たい眼差し。

わかっている。

――駄目に決まっている。どこまで馬鹿なんだか。

おそらくそんなことを思っているはずだ。

すべては自らが招いたことなので仕方なくはあるのだが……。

「あ。じゃあ、俺は家に帰ることは出来ないってことですか？」

「出来ない」

「いつまでです？」

「現時点では不明としか言えないな。もうすでに桐島とも話をして処理に動いているから、そんなに日数はかからないとは思うけど」

「俺、一応学生なんで講義もあるんですが」

「君、四年生だよね。そんなに詰まってないし、必要な単位を全部取っているのは確認済み。……本当に、どうしてこんなことに手を貸したんだか」

呆れを大いに含んだ台詞に巳継は身を小さくするしかない。

「最初はね」

三木雅嗣はすらりとした足を組み、その上に肘をついて顎を乗せた。

「色香に惑わされているのかと考えていた。だけど話を聞く限り、率先して自分から関わろうとはしていなかったみたいだし、賛美の言葉も一言だって出やしない。一緒にいる意味がまるでわからなかったんだけど、話を聞いて納得した」

「あの人、自分以外に興味ないんですよ。ただチヤホヤされていればそれで。俺のことも単なる飾りにしか考えてなかったはずです。で、賛美の言葉って？」

「警察に連れて行った某企業の令息二人、取り調べの最中もいかに桐島麗華が美しく素晴らしいかを力説していているらしい。そんな彼女を泣かせるのは許せないとか天罰だとか」

自ら身を任せた巳継と違い、逃亡の恐れがある二人は雅嗣からの連絡で即座に身柄を押さえられていた。

何しろ、大学で雅嗣に遭った時に真っ先に、車で逃げ出す下僕たちを指差し、

「こいつらが誘拐の実行犯です」

名前まで伝えている。その時に親が経営する社名もついでに教えておいたので、巳継たちがホテルの部屋に入ってすぐに拘束したという連絡は入っていた。

おそらく令嬢への褒め言葉のついでに巳継への罵倒も多かったはずだ。三木雅嗣と顔を合わせたその場にいた下僕その一は自分が彼に顔を見られていることをすっかり忘れている。

駐車場に停めた車の中にいた下僕その二と共に顔を俯かせながら立ち去ったが、この事件に神経を尖らせてピリピリしていたこの副社長が見逃すはずもなかった。

名前を教えないという選択肢も巳継の中にはなかったから、遅かれ早かれ同じ結末を辿っただろう。

「――それで俺は結局どうなるんですか？　家に帰れないなら警察に？」

それも仕方なしと今では理解している。

諦念を体に纏わせて三木雅嗣を見つめると、

「さてどうしようか」

おかしそうに……出会ってから一番楽しそうに笑った。

大型獣にいたぶられる小動物の気持ちが何となくわかった気がした。


この事件をきっかけに、巳継のクレアム社への就職は白紙になった。

三木弥尋誘拐事件だけでなく、桐島麗華が自分にとって邪魔な人に対する恐喝にも関わっていたことがすぐに判明したからだ。それだけでなく、国内で違法とされる薬を利用していることも発覚。

薬のせいで物の善悪がつかなかったなどと主張していたようだが、そもそも薬に手を出したことが間違いなので言い訳としては認められていない。

海外留学中に薬物に染まったと見る向きもあったが、留学する前からあの性格だったので薬は凶暴性・残忍性を助長させはしたかもしれないが、元の性格が褒められたものではないため、どう判断するかは司法に委ねられる。

犯罪者と関わりがあった時点で醜聞もいいところなのに、一部とはいえ計画に加担した疑いがあると言われれば、そういう処断を下さざるを得なかっただろう。

　誘拐した下僕たちもおそらく実刑。これも令嬢と同様、違法薬物の使用が発覚したのが大きいだろう。

　巳継自身も違法薬物に染まっていないかの検査をさせられた。自分自身は潔白を知っているが、それを公的に証明しなければならず、その間も監視下に置かれていた。というか、出会ってからずっとその状態だ。見えない首輪を付けられて、見えないリードを握られている。

　ホテルに連れ込まれた日から数日、そのままホテル生活を余儀なくされた。外に出さえしなければ自由に過ごしていい軟禁生活だったが、当然のことながら見張り付き。屈強な男が二人もいるのだ。部屋二つの広い客室でなければ息が詰まっていたかもしれない。

　ただ、当然というべきか、ホテルまでやって来た警察関係者による状況説明と経緯などの事情聴取は行われた。事の大きさを考えれば巳継は警察に身柄を押さえられていても仕方のないところではあるのだが、逃亡や証拠隠滅の恐れもなく、積極的に協力を申し出ているからだ、と考えている。もしかしたら何か大きな力が……とも考えたがマンガやドラマじゃあるまいし、おそらく違うだろう。だよな？

　雅嗣の話では令嬢たちは余罪もたくさんありそうなので、情報漏洩を防ぐのと情報提供者の保護を兼ねていると考えれば、ホテル軟禁は整合性が取れていると思う。

　警官に伝えたのはすでに雅嗣に話した内容と同じで、時々深く追及されたのは齟齬（そご）や虚偽がないかなど正確さを図っていたのかもしれない。

　初日以降、三木雅嗣がホテルを訪れることはなかったが、日に数度電話が掛かって来ては様子を聞かれたり、事件に関する質問をされたりした。しかしそれ以外には特に何もなく、穏やかな日々だった。

雅嗣との通話の際、警察のことを話した時に「カツ丼は頼まなかった」と言ったら、受話器越しに笑い声が聞こえたのは楽しかった。

職務に忠実な警備の男たちは巳継が話しかけても返答をすることはなかったので、早々に会話の成立は諦めている。人材が豊富なのか、二人一組での警備は交代すれば二度と同じ人が来ることはなかった。馴れ合いや情が生じるのを阻止するには有効な方法だ。

一度色仕掛けをしてみようかと悪戯心を起こしたことはあるが、三木雅嗣にばれないわけがなく、心象を悪くしないのが最優先の巳継にとって悪手はまずいと考え直した。

巳継の生殺与奪の権利を握っているのは三木雅嗣なのだから。

ホテルでの軟禁生活も巳継の安全を守るためで、耳が早いゴシップ記者たちの目から守るためでもあった。

桐島麗華とのやり取りが残っているスマホは取り上げられたままだったので、娯楽がテレビしかない巳継にとって、雅嗣が用意した子供用携帯電話で彼と話すのは唯一の楽しみだった。

外部との連絡を断絶するために登録済みの番号としか通話が出来ない徹底ぶりはさすがだと思ったが、黄色の携帯電話を選ぶ三木雅嗣の姿を思い描くと笑いも浮かぶ。もしかしたら秘書に頼んだのかもしれないが、面白いので前者であることを願う。

実際に五歳になる子供がいると知った時には驚いたが、同時にその子の母親の話が一切出ないところから何となく複雑な事情を察することは出来た。巳継はその辺りの機微がわかる男なのだ。桐島麗華に対する嫌悪が強い口ぶりだったのは、三木弥尋を害そうとしたことに加え、その辺の事情も絡んでいると推察する。

事件への関与はあったものの、悪意から三木弥尋を守ろうと動いたことが考慮されたことと、下僕たちから「裏切者」扱いされて罵られたのが逆によかったのか、結局罪に問われることはなかった。

　だからといって手放しで無罪放免を喜ぶには界隈に与えた影響は大きく、クレアム社本体の芝崎製菓が巳継を切り離すことを決断したのは当然と受け止めることは出来た。


　土曜の朝。このまま週末もずっとホテル生活かと考えていた巳継の前に、それを伝えに来たのは三木雅嗣本人で、

「どうしてかな？　就職が白紙になって家からも縁切りに近い状況なのに、私には君がホッとしているように見える」

　巳継の表情に首を傾げていた。

「ホッとしているように見えますかね？」

「見えるね」

「俺自身は全然わかんないんですけど、三木さんにそう見えるならそうなんでしょうね」

「もしかして、乗り気ではなかった？　クレアムに入社するのが」

「いや、そんなことはないですよ。曲がりなりにも一族で、生まれた時から将来はそこで働くんだと思ってましたからね。だけどここ何日かで状況が変わって、そういうのもアリかなあと」

　三木雅嗣の眉根が寄る。

「よくわからないな」

「大丈夫です、俺もよくわかってないんで」

　巳継がガシガシと頭を掻いた。軟禁生活中に長めの髪をセットする手間をかけるのは馬鹿らしく思い、櫛を通しただけなので、思ったよりは乱れていないが、これを機会に短く切るのもいいかと思う。

「髪、切ろうかなあ」

　ぽつりと漏れた本音に、三木雅嗣は片眉を上げた。

「何を言い出すのかと思えば。髪のことを考える余裕があるようで何よりだ」

「いや、気分転換にいいかと思ったんですよ。失恋したら髪を切る女の話はよくあるでしょ」

「反省を示すために丸坊主にする男の話はよく聞くね。そうか、丸坊主か」

「や、それはさすがに遠慮したいっていうか」

「反省を示すにはそれが一番だろう？」

「……あなたが命じるなら従いますよ。坊主でもなんでも」

「おや、随分従順だ」

巳継は肩を竦めた。

「最初の最初からずっと従順だったつもりですけどね、俺は」

「保身は大事だからね」

ニッコリと笑みを浮かべる雅嗣に負けじと巳継も笑みを返した。

「ええ保身は大事です」

「君、いい性格してるって言われないか？」

「言われますね。世渡り上手とも」

「よく言う。世渡り上手だったら今回みたいなことに巻き込まれたりはしないだろう。まだまだ甘いお子様なんだよ」

フッと鼻で笑われてムッとするも、笑われるだけのことはしているので沈黙で返す。

「――まあそれはそれとして」

雅嗣は引いて来たキャリーケースを指差し、テーブルの上に乗せるよう指示した。なぜ俺が、と思いはしたものの、たった今やり込められたばかりで反抗するのも子供っぽいと揶揄(からか)われそうで、素直にテーブルの上に乗せた。

ホテルにはスーツケースを乗せるためのバゲージラックが常備されているが、スーツケースの方が大きすぎたため、百八十度開いた状態では乗せられないと判断したようだ。

　中を開いた巳継は目を見開いた。

「――着物？」

　薄いグレーの着物が丁寧に畳まれて収められており、帯や足袋などの小物も合わせせて詰められていた。

「これ、誰のですか？」

「もちろん、君に決まってる」

　衣紋掛け（えもんか）を伸ばして薄鼠色（うすねず）の着物を広げた雅嗣はそれを壁のフックに掛けると、小物を並べていった。

「着方は……うんわかった、わからない顔だっていうのがわかった。仕方ないから着付けは私がしよう」

　そうするのが当たり前のように話を進められるが、巳継にはまるで状況はわからない。

　就職先がなくなったという話をしていただけなのにどうしてこういう流れになってしまったのか。

「ちょっと待って。待ってください。どうして俺が着物を着なきゃいけないんですか」

「着物を着なきゃいけない場に連れて行くからだよ」

「え……？　ここを出ていいんですか？」

「私が一緒ならという条件付きだ」

「その条件の中に着物が含まれていると？」

「そういうこと。もちろん私も着替える」

「……何があるんです？」

「勧善懲悪」

「はい？」

「察しが悪いなあ。諸悪の根源に引導を渡す場が整ったからそこに行くんだよ。君も関係者だし、桐島麗華に振り回された男として見物する権利はあると思ってね。行きたくないなら別にそれでいい。君がいるいないに関わらず、彼女が今日で終わりなのは決定だから」

　ゴクリと喉が鳴る。

「それはつまり……もう警察が」

「君が言うところの下僕たちからの証言もある。前々から調査をしていたのもあって、罪状を問うに十分な証拠も集まった。さっさとケリをつけて安心安全な生活を取り戻す」

誰にとっての「安心安全な生活」なのかは言うまでもなく三木弥尋だろう。

だが雅嗣は言う。

「君もあの女に振り回されるのは嫌だろう？」

コクコクと頷く巳継の前で雅嗣は「わかっている」と大きく頷いた。

「自分の欲望のために人の生活を踏みにじる行為を私は許さない。そもそも自分にそれだけの価値があると考えているのなら思い上がりも甚だしい。大体……」

その後しばらく桐島麗華とそれに類似する人物たちへの愚痴が続き、巳継は頷きながら聞いているしかなかった。

「――というわけで、行くか行かないか。返事は？」

「行きます」

行かないと言っても無理やり服を脱がされて着物を着せられそうな迫力を前に、巳継が出来たのは逆らわずに従うことだけだった。

「あ、でも着替えるのはいいんですけど、着物のまま移動したら目立ちませんか？　俺、あんまり目立たない方がいい気がしますけど。それにあなたと一緒にいるのも見られない方が……」

ここは高級ホテルの類なので和服の男がいることはなくはないだろうが、若い男が二人となると目立たないとは言えない。どこに連れて行かれるかわからないが、ロビーからタクシーや車に乗るにしても移動中はどうしても目立ってしまう。

テレビという媒体を介しての情報しか知らないが、三木屋の関係者が被害者のこの事件はニュースで大きく取り上げられてはいなかった。おそらく報道規制を入れたのだろう。それならなおのこと、自分から記事のネタになりそうなことをしない方がいいのではという巳継の危惧に対し、

「すべて問題なし。移動する場所はこのホテルの中で、さっきも言ったように着物を着るのが前提だから悪目立ちすることはない。そもそも私と一緒じゃないとホールには入れないからね。一人だと逆に目を付けられやすい」

「――従者に徹します」

巳継は神妙に頷いた。

「ははは。それはいいね！　その方が気楽ならそれでいいよ。ついでに荷物持ちでもするかい？」

「荷物があるなら持ちますよ。従者ですから」

「君がそれでいいならその設定でいこう。紐(ひも)は付けないけど逃げたりしたらどうなるか、わかってるね？」

「今更逃げ出したりしないって何度言わせればわかるんですか……」

「念のため。飼犬に手を噛(か)まれるつもりはない」

ひらひらと目の前で振られる手の甲に噛みついたらこの人はどんな反応を示すのか気になったが、実行に移すことはしない。脊髄反射でそんなことをすれば、お子様認定待ったなしだし、手酷い仕置きが待っている気がする。

「会合に出るのは昼過ぎだから、食事を済ませてもいいけど腹三分目くらいまでに留(とど)めておくことをお勧めする」

そう言って三木雅嗣は「昼過ぎにまた来る」と言って慌ただしく部屋を立ち去った。そう言えば、土曜なのに私服ではなくスーツだったと今更ながらに気付き、事件発覚から四日経った今でもまだ後始末に追われているのだと推察する。

先ほどの話しぶりからは巳継の件は芝崎からの放逐ということで手打ちになったようだし、週を跨(また)ぐことなく収束しそうだ。

「今日の会合で何かが起こるんだろうな」

誰かにとっての決定的な何かが。それを計画した中に三木雅嗣も入っているのだろう。

そうは言っても何も知らされていない巳継は粛々と彼に従うのみだ。

「とりあえず腹ごしらえでもしておくかな」

四日も暮らしていると独り言にも慣れた。警護の二人がいても気にしないでいられるくらいには図太くなったと思う。芝崎製菓クレアムの親族とはいえ、巳継自身はあくまでも一般人でしかない。SPや護衛を付けたことはないためこれも貴重な経験だ。

巳継は室内電話の受話器を持ち上げた。

「一一〇八室だけど食事お願いします。ええと軽いもので、サンドイッチかおにぎりがあればそれで」

後は待つだけである。


八重桜会。連れて行かれたのは良家のご婦人方の集まりで、会合というより規模の大きなお茶会のようなものだった。貸し切られた広いホールの中で和服に身を包んだ各々が楽しそうに会話をしながら、時に茶を飲み菓子を食べ、食事に舌鼓を打つ。実に和やかで優雅なひと時である。

そんな中、怪しい動きをする男が一人。

「……あのね、そんなに気にしなくても誰も君のことを芝崎巳継だって気が付かないよ」

遊ぶ時とは違う丁寧さで髪を後ろに流してまとめた巳継は少々落ち着きがない。誰かとすれ違う時に顔をやや俯かせてしまうのは、もはや無意識のうちに「自分に気付かないでくれ」という願いの表れのようなものだ。

やや顔を下に向けて歩いていても違和感がなく、高身長に成長したことに感謝する。

「そうは言われても、知り合いに会ったらどんな顔をすればいいのか」

「知らない顔をしていればいいんだよ。大体、主体になっているのは年齢層が高めのご婦人たちだから、君が普段付き合ったり遊んだりするような若い人たちは参加していない」

　確かに中高年女性が多く、会場内にいる男も彼女たちの同伴者のせいか同じような年齢層だ。中には数人の若い人たちも見かけたが、盗み見した限りでは巳継には見覚えのない社会人のようで、学生はいない。

「確かに……」

「それにわざわざ眼鏡を買って来てあげたんだから、印象は変わる。ちょっと自意識過剰なんじゃない？」

　三木雅嗣が巳継の顔を指差す。銀縁メガネは巳継が頼んで雅嗣に買って来てもらったもので、落ち着いた色合いの着物との相乗効果で、三歳くらいは年齢を上にしてくれていると思っている。

「君は私のおまけ程度にしか思われていないから大丈夫。色合いも含めて印象は薄いはずだ」

　人に囲まれて華やかな生活を送って来た巳継にはそういう経験があまりない。惨めに感じる反面、目立たないことが最優先だから仕方ないという気持ちも半分。結局、いいように三木雅嗣の掌の上で踊らされているだけなのだ。

　ただ芝崎巳継の存在に気付かれていないだけで、三木屋副社長の雅嗣の元には挨拶のために近づいて来る人たちもいる。

　商談の席ではないため取引関連の話題はご法度だとは聞いていたが、さりげない会話の中にその手の話題を盛り込もうとする駆け引きもあり、経営者というものの立場を考えさせられるものではあった。

　人の合間を縫いながら軽食をつまみつつ、会場内を流れるように移動する雅嗣について歩く。

　途中、

「そうそう、弥尋君も弟と一緒に会場にいるから見つからないように気を付けて」

　なんて言われて大声を出さなかったのは褒めて貰いたい。

「ちょっと！　そんなことは最初に教えてくださいよ！」

　極力音量を抑えて抗議するも、軽く受け流される。

「大丈夫。あの子は食べるのが大好きだからそっちに注意が向いていて私たちには気付かないよ」

「そんなこと……あっ、こっちを見た」

　巳継は咄嗟に背を向け、自然に見えるようにと願いながらすぐ隣のテーブルの小皿に手を伸ばした。偶然取ったのは寿司で、脂の乗ったトロと酢飯のハーモニーは絶品だった。

　後ろを向く前に雅嗣が軽く会釈したのが見えた。

「弥尋君の隣にいたのが弟の隆嗣。伴侶だね。それとうちの祖母。三木屋会長夫人だ。会ったことはないと思うけど」

「俺はありません。両親や従兄弟たちや伯父なら顔を見たことはあるかもしれませんけど」

「ふうん。じゃあ後で顔を覚えて貰うために挨拶に行こうか」

　巳継の顔から眼鏡がずり落ちそうになった。

「なんで……」

「そりゃあこれからうちで働いて貰うからだよ。就職確約取り消しの芝崎巳継君」

「ちょっと待ってくださいっ、俺、そんな話は一度も」

　言いかけた巳継の前に雅嗣の掌が押し留めるように広げられた。そして雅嗣は懐中時計を取り出し時刻を確認して呟いた。

「そろそろか」

　今までの柔和な雰囲気とは一変、初対面の時を思わせる冷たい表情に変わった雅嗣は、巳継の袖を軽く引き、三木弥尋たちがいる場所が見える少し離れたテーブルへと移動した。

　そこに立って料理をつまんでいた華道の家元と話すためと思わせてはいるが、位置取りといい、最初からこの後起こることを想定しての動きだったとその後思い返して巳継は考えた。

小さく動いた雅嗣の唇の「特等席」という言葉は確かに的を射ていたと思う。

各々談笑している人々は、自分たちの時間を楽しむのに熱中していて彼女の登場に気が付かなかった。

藤色の振袖を着た一人の女性がいつの間にか会場にいて、真っ直ぐに三木弥尋の元……もとい三木隆嗣の元へ歩み寄る
「お久しぶりです」

何も知らない人が聞けば可憐と感じる甘さを含んだ声が聞こえた瞬間、巳継の体に怖気が走った。彼女の本性を知らなければ、大人しやかで清純という外見に見合った声だと思うだろう。

しかし巳継は知っている。虫も殺さぬ風を装っていても中身は食虫植物のように獲物を絡めとり、自分の中へ引き込んで食いつぶしてしまう女なのだと。

巳継が震えているのに気付いた三木雅嗣が小声で話しかけて来た。

「感動？」

「バカ言わないでください。気持ち悪くて」

雅嗣の眉が上がった。その顔は、

（でも寝てたんだろう？）

と語っていたので、

「酒に酔ってでもなきゃ無理」

とだけ伝えておいた。実際に彼女に押し倒されてコトに及ぶことはあったが、巳継主体だったことは一度としてない。神に誓って言える。

彼女のベッドの相手は巳継以外の下僕たちで、たまに複数人で戯れることもあったようだ。下僕たちが互いに足を引っ張ることなく彼女を中心にした社会を築いていたのは、それらの経験によるところが大きいのだろう。

「どうして彼女がここに？」

「入れるように手引きしてもらった。と言っても、手

引きした人は自分が手引きさせられていたとは気付いていないはずだ」

　そう言って雅嗣がチラリと視線を向けた先にいたのは自分の母親よりも年齢が高めの女性で、扇で首元を扇ぐふりをしながら桐島麗華の姿を気にして目で追っている。

「場を整えた仲人のつもりでいるんだろう。一度クレアムの新作発表会でやらかしているのに同じことを繰り返すんだから」

　馬鹿としか言えない。雅嗣の呟きに同意する。

　クレアム社の時に巳継はいなかったが、出席していた姉たちから話は聞いている。

　その時に桐島麗華が現れたのはクレアム関係者の巳継が手引きしたからではないかと疑われていたのだが、それに関してはきっぱり否定している。

　巳継本人がその場にいなかったこと、三木弥尋たちが出席するのは前日に急遽決まったことなどから、巳継がそれを知る機会がなかったことが理由として挙げられる。

　実際のところ、三木隆嗣が出席するパーティへの参加を企んでいた桐島麗華が、商談でその場にいた下僕から連絡を受け、参加の手配を例のご婦人に「おねだり」しての来場だったらしい。

　鬼気迫る顔で文字通り駆けつけたはずなのに、楚々とした姿で登場したのは執念の賜物か。

　今日の八重桜会に関しても事前に情報を入手するのは容易かっただろう。それよりも、意図的に件の婦人にわかりやすいように三木隆嗣の参加を仄めかしていた可能性はあるが。

　ただ、

（三木の様子を見る限り、知っていたわけではないみたいだな）

　反面、嫌悪感を顕わにしつつも落ち着いて伴侶を庇う三木隆嗣は、ある程度こうなることを予想していたように思われる。

その後はまあ予想通りの展開で、女の優位性を訥々と語り、騙されているのだと諭しにかかり、意に沿わない婚姻を強制されていると同情し、どれだけ自分が婚姻を望んでいるのかを語り、本命を隠すためのダミーだと訴え、それでも頑として受け入れられないと見るや、ガラスの破片で自分を選ばなければ自死すると脅す。

周りを見れば、クレアム事件を知っていた人と知らなかった人で反応は分かれており、酔いが回っている人（この場には酒も提供されている）の中には、「醜聞か！」と野次馬根性丸出しでワイングラス片手にニヤニヤ見物している人もいた。

三木弥尋が彼女の言い分を悉く反論で封じた時には、なぜか指笛のようなものまで聞こえた。確かここにいるのは教養があって育ちが良い人に限られていたはずだが……。

そんな人たちも、桐島麗華が尖った破片を自分の首に当てた時点で興醒めしたらしく、固唾を呑んで見守るというより、

「やっちまったな」

という表情になってしまっていた。中には実行するか単なる脅しかで賭けをしている人もいたようだが、すでに見世物の場になっている時点で不謹慎だと咎める者はいなかった。

誰一人として「実行する」に賭けなかったから賭けそのものが不成立になったせいもある。

その後、桐島麗華の大伯母であるトウカ銀行頭取夫人が現れ、さらには偉い人や警察も来て彼女が連行され、少しのざわつきを戻しつつも八重桜会幹部のご婦人の声により、何事もなかったように食事会は再開されることになった。

「……なんていうか、あれだけのことがあったのに皆気にしてないんですね」

「気にしていないことはないだろうけど、表に出さない社交術は身につけているということかな。君も見習った方がいい。さっきも表情がコロコロ動いていて、見られていたらあの女と関係があったと白状しているようなものだった」

「え……そうだった……んですか？」

巳継は自分の頬（ほお）を撫（な）でた。

「多少は抑えられていたけどね。まあ、傍観者に徹するにはまったく関係がないとは言えないから仕方ないのかもしれないけど」

笑みを浮かべた三木雅嗣は家元や周りの気遣う視線に会釈を見せ、巳継を促した。

「邪魔者もいなくなったことだし、挨拶に行こうか」

どこへと言うまでもなく、見えないリードに引かれるまま、巳継は三木弥尋との対面を果たしたのだった。


無事（？）に閉会してホテルの部屋に戻るなり、巳継は三木雅嗣に尋ねた。

「いいんですか、あんなこと言って」

「君がクレアムを追い出されたのは事実だろう？」

「それじゃなくて、来年、俺が卒業したらって話です」

「ああ、そのことか」

雅嗣は着物の皺を気にすることなく、最初の日にしたようにベッドの縁に腰かけた。

「三木が不審に思わないように話は合わせましたけど」

「私が拾ったのも君が拾ったのも事実だからいいんじゃないかな」

「それはいいんです。ホントのことだから。じゃなくて」

「会社の話なら嘘は言っていない」

「は？」

「成績的に問題がないのはわかっているし、簡易的な面接や試験は受けて貰うけど、君が来年三木屋に入社するのはほぼ確定だよ」

「え……それって職権乱用じゃあ……」

「失礼な。クレアムの入社試験を受けた時の結果は貰っているって言ったじゃないか。人事にそのまま回して問題ないとも言われている」

「成績はまあ自信ありますけど、見る人が見れば俺は犯罪者なわけだから」

「もちろん実刑になって刑務所に入ることになったら採用はなかったことになる」

「ですよね……」

「ただおそらくそうはならないだろう。それら事情のすべてを込みでの内定だ」

「なんでそこまで……」

巳継は項垂れて顔を両手で覆った。芝崎製菓から出されたことは素直に受け入れられた。だからと言って将来の絵図が白紙になったことでショックを受けなかったわけではない。

「芝崎が君を放り出したのは三木屋に対する謝罪だよ。うちからは出すから煮るなり焼くなり好きにしていいって」

「……」

「ついでに親心もあると私は思っている」

「親心」

「君は別に家族から疎外されていたわけでも虐待されていたわけでもないだろう？　むしろ大事にされていた」

「はい」

「でも甘さがあった」

「……その通りです」

「うちに来るのはクレアムにいるよりも辛いかもしれない。何しろ被害者の身内なんだから。だけど敢えてそこで耐えることにこそ意味はあるとは思わないかい？」

「意味……俺が三木屋にいる意味」

「針の筵（むしろ）の中でどれだけ耐えられるか、身内に守られない環境でどこまでやっていけるか、培う機会を与えられたと思えばいい」

巳継はゆっくりと顔を上げた。

雅嗣は穏やかな表情で巳継を見ている。そこに揶揄いの色はなく、彼が真面目にそう思っているのだと伝わって来る。

「断わっておくけど、俺も家族もわざわざ君が弥尋君誘拐事件の関係者だと吹聴（ふいちょう）して回る気はないよ。それに報道規制を敷いているから、事件を知っているのも家族と秘書の一部だけ。長引いていたらもっと大ごとになっていたけど、早期解決だったから。もっとも、君が居場所を知らせてくれるはずだったんだから長引きようはなかったんだけどね」

軽くウィンクして見せた雅嗣に巳継は何も言えずに黙り込んだ。

何を言えばいいのかわからない。何をすれば償いになるのかわからない。

口から生まれて来たと言われたことがあるくらい、これまでそつなくコミュニケーションを取れてきた。何を言えば相手が喜ぶのか、何を言えばその場を上手に回すことが出来るのか、考える前に立ち回ることが出来ていた。

それがどうだ。たった一人を相手に何も言えない。相手は副社長で自分は学生。年齢も確かなことは知らないが十歳は違う。

「どうして……どうしてそんなに俺によくしてくれるんですか」

喉の奥から絞り出した声は引きつっていた。

「俺はあなたに殴られるようなことをしたのに。軽い気持ちであの女に協力したのに」

「殴ったことは謝らないよ。あの時の君のへらへらした顔は殴られて当然だと思っている」

巳継はまだ跡が残っている頬に手を当てた。腫れはほぼ引いているが青痣はしばらく残り続けるだろう。鏡を見るたびに自覚せざるを得ない過ちの証。

　実は今日の会合でも目敏く痣を見つけた人もいて興味津々だったのだが、

「少しオイタが過ぎたので躾直しをしまして」

という雅嗣の笑顔の説明に五割は引き、残り五割は雅嗣と巳継を交互に見つめ、

「副社長の世話は大変だろうが頑張りたまえ」

となぜか激励の言葉を貰ってしまった。その時に思ったのは、もしや三木雅嗣は思っていた以上にヤバイ人物ではないかということだった。

　その疑問は未だに解消されていないが、少なくとも真摯に巳継の将来を考えてくれているのだけは理解することが出来た。

「結果無事だったとはいえ、君がしたことは決して褒められたことでもないし、声高に武勇伝として話せるものでもない。どちらかというと」

雅嗣は少し首を傾げ考えた後、破顔した。

「拗らせて長引かせた中二病！」

　ブフッと巳継が吹き出したのは言うまでもない。

「……あのですね、俺、もう二十二なんですけど！」

「年齢は関係ない。幾つになっても思春期を引きずってるならそれは中二病だよ」

　そうなのだろうか？

「悪い女に苦しめられている美少年を助ける俺かっこいい、って思わなかったって誓えるかい？」

　巳継は黙った。指摘されたことはそのままズバリ当て嵌まったからだ。

　純粋に三木弥尋を助けたかった気持ちはある。だがそこに後からの感謝と称賛を期待しなかったと言えば嘘になる。

　だがそれでも中二病など認められるものではない。

「絶対に違います」

「患者は誰でもそう言うんだよ」

「だから違うと！」

どんなに抗議しても三木雅嗣は笑って躱すばかりで、そのうち巳継の方が疲れてしまった。

「……もういいです。何を言っても聞く耳持たずなんだから。あなたの秘書をしている人は大変でしょうね」

ほんのちょっぴりの皮肉を交えると、巳継の思惑に反して雅嗣はニヤリと口の端を上げた。

「そう、大変なんだ。複数の業務やスケジュールの管理は少ない人数だけで回せるものでもなくてね。会社としての秘書室はあるし、秘書と呼ばれる人数は多いけど手が足りていないのが現状だね」

巳継の母親も父親の秘書だから大変さは何となくわかっているつもりだ。

「そういうこともあって、君の内定先はすぐに決まったんだ」

「まさか」

「そう。私の個人秘書。それが来年から君に与えられる役職だ」

どうだ嬉しいだろうと言わんばかりの三木雅嗣に対し、どんな表情を浮かべればよいのかわからず、巳継はただ黙って雅嗣の顔を見つめた。

就職先があるのは嬉しい。それが針の筵になるかもしれない三木屋だったとしても、職に就けるというだけで人生設計がしやすくなる。

ただそれが三木雅嗣の個人秘書となると単純に喜んでいいのかわからない――というのが正直なところだった。個人秘書、三木雅嗣のためだけの専属秘書に自分のような大学を卒業してすぐの人間が就いてよいのかわからない。

「もっとこう下積みをしてからの方がよくないですか？」

「下積み……経験はもちろん積んでもらうとも。だけどそれ以上に私が個人で動かしやすい人材を探していてね。そこに現れたのが君だったというわけだ」

「タイミングがよかったと」

「そういうこと。それに君個人を知れば知るほど、私の希望に沿っているのがわかったし」

「言うほど俺のことを知ってるわけじゃないでしょうに」

「手足として動いて貰うには十分なくらいの情報は持っているつもりだけどね」

「脅しですか？　言うことを聞かなければ警察に突き出すとか」

「私がそんなことをするとでも？　今日のあの女のように？」

　軽い気持ちで口にしたのに、癪に障ったのか雅嗣の口調が厳しく変わり、慌てて謝罪した。

「すみません、そんなつもりはなくて」

「軽口は構わないけど、よく考えて口にした方がいい。それも秘書として働くうちに身につくとは思うけど」

「本気なんですね、俺を雇うっていうのは」

「私はそんな胡乱な手間はかけないよ。駄目なら駄目とはっきり言うし、もしもこの件を君が断ったとしてもその先には関与しないと誓ってもいい。野放しには出来ないからしばらく監視は付けさせて貰うけどね」

　つまり三木雅嗣の元で彼の監視の下で働くか、クレアムと三木屋以外のどこかで働くかの二択または三択になる。後者の場合、監視者が付くが自由さは保証されていると考えていいだろう。ただし、うまく就職出来たと仮定しての話だが。

　言うまでもなく国内最高学府卒になるため、四年の今の時期から就職先を探しても見つからないわけではないと思う。

　しかし、今の自分が置かれている立場を考えるまでもなく、三木屋に就職するのが一番確実で、これを言えば雅嗣に叱られるかもしれないが――楽なのだ。

「――わかりました。あなたの言う通りにします」

「本当に？　考える時間はあげるよ。月曜までだけど」

「ほぼないに等しいじゃないですか。いいですよ、あなたの専属秘書になります」

声に出して告げると、体の中から余分な力や強張りが抜けた気がした。

「そうか。それならよかった」

雅嗣も笑顔だ。どうせ巳継が断るとは微塵も思っていなかったにしても、来年から仕える相手に歓迎して貰えるのは悪い気はしない。

「それにもう三木に俺を雇うって言ってたじゃないですか。断わったら嘘になるところだったんですけど、その時はどうするつもりだったんですか」

「その時は君に振られたと弥尋君に泣きつくつもりだったよ。私よりもいい相手を見つけたからそっちに行くと捨てられたって」

私（三木屋）よりもいい相手（職場）を見つけたから――。カッコの中身が副音声で聞こえていなければ修羅場だと勘違いされて終わりそうだ。

「あなたがそれでいいならいいですけどね」

「弥尋君は優しいからきっと慰めてくれるよ。でも弟が許してはくれないだろうけどね」

会合での様子を見る限り、相思相愛なのは尋ねるまでもなくわかったが、それ以上に三木隆嗣が弥尋を溺愛しているのは雰囲気で察することが出来た。

桐島麗華はよくもまあこんなカップルに手を出そうと思えたものだ。

「弟で思い出したけど」

そこで雅嗣は姿勢を正した。

「誘拐に君が関わっていることは弟にも弥尋君にも話していないし、今後も話すつもりはないからそのつもりでいて欲しい」

「それでいいんですか？」

土下座での謝罪を強要されても仕方がないと思っていただけに、当事者に伏せることに驚いたのだが、巳継は緩く首を振った。

「弟を犯罪者にするわけにはいかないから」

と。

つまり、助ける目的であっても、桐島麗華に一矢報いるために計画をそのまま遂行させてしまった時点で三木隆嗣にとって巳継は絶対悪になってしまっていた。顔が変形するくらいで済めばいいが……と雅嗣は本気で心配しているようだった。

「――わかりました。俺も絶対に口にしません」

「謝罪もしなくて結構。ただ弥尋君のことは大学でも気にかけていてくれると嬉しい。キャンパスが違うから常にというわけにいかないことはわかっているから、これまでと同じ頻度で顔を合わせる程度でいい。ただし無理強いやスキンシップは禁止で」

「そこまで節操なしじゃありません」

雅嗣は微笑を浮かべた。

「君が出来ることは信用を積み重ねて私の信頼を摑み取ることだ」

「はい」

「職務には忠実に、私の指示には従って貰う」

「はい」

「誤解しないで欲しいのは、だからといって君を酷使しようとは思っていない、ということだ。あの女のように使うこともしない。ただ時々、本当に時々、私的なことを頼むかもしれないけど、それはまたおいおいで」

「……わかりました」

後半はやや不穏な響きを感じたが、話している雅嗣の方がうまく言葉に出来ないようで、察した巳継は問い詰めるのは止めた。

桐島麗華逮捕の場となったこのホテルから出るのは報道陣の波が引く月曜まで待つということになり、月曜に車を寄越すからそのまま契約のために三木屋の社屋に来るようにと指示だけ出して三木雅嗣は帰って行った。

去り際に没収されていたのとは別のスマホを渡されたが、これは桐島麗華とのやり取りの証拠として一旦押収されたものがまだ返還されないためで、この新しいスマホを使って白紙の状態から再スタートするのもいいかもしれないと思うに至った。

幸い元の機種と同じだったため、同期しているタブレットやパソコンから連絡先などはすぐに引っ張って来ることが出来る。

とりあえず、巳継は両親に電話した。騒動に対する謝罪と今後の身の振り方について知らせるためである。

「どうしてみーちゃんがクレアムに入れないのよ！一緒の職場でランチするのを楽しみにしてたのに！」
「みーちゃんは悪くないじゃない！」
「みーちゃん、お姉ちゃんがお小遣いあげるから就職やめて家にいない？ね、そうしよ？」

月曜日。三木屋で雇用に関する契約を交わし、久しぶりに実家に帰宅した巳継を待っていたのは姉三人の嘆きと怒りの声だった。

（確か両親と伯父さんたちには話したけど姉たちには伏せていたって言ってたな、あの人）

あの人とは言わずもがな三木雅嗣である。

如才なく立ち振る舞う雅嗣が伏せたと言うのなら、姉たちには教えなくていい情報であり、伝えるべきものではないと判断されたからだろう。

それが機密性に関するものか、姉たちの性格によるものかはわからないが、今の姉たちの言動を見る限り後者の確率が高い。

（伝えなくて正解だな）

巳継のことを溺愛しているのは知っていたが、こうも情に走るようでは報道規制を敷く事件の詳細を伝えられなくても仕方がない。

仮に知ったとしても、桐島麗華への怒りと同様に、クレアムから巳継を引き離した（と思われている）三木屋に敵意が飛ぶ可能性は非常に高かった。

両親が姉たちを抑えられればいいが、弟に関して頑固な姉たちがどこまで暴走するのかわからないのは、誰にとっても利になるものではない。

だから巳継は言ったのだ。

「あのさ、俺が自分で決めたの。別にクレアム以外にも会社はあるんだし、他の会社に興味を持ったからそっちに行こうと思ったんだよ。俺のことも買ってくれてて、望まれて行くんだから」

だから口出しするなと言外に含みを持たせても、ギャイノギャイノと姉たちは煩い。

こうなるのは予想されて然るべきだったが、巳継も自分のことで手いっぱいだし、遣り手のはずの両親も家族内紛争にはお手上げだ。

最終的に巳継が、

「そんなに気に食わないなら家を出て一人暮らしする」

と宣言したことにより、一応の収まりはみせた。だがいつ再噴出するかわからないため、卒業までに一人暮らしをすることを真剣に考えた方がいいかもしれない。

専属秘書なのだ。三木雅嗣は酷使はしないと言ったし、無茶な用を言いつけたりすることはないだろう。

それでも何かしらの便宜を図る必要が生じることもあると考えると、社屋の近くがいいのか、それとも社長一家の実家の近くがいいのか。

巳継の意識はすでに未来へと向けられていた。

桐島麗華というとんでもない女に捕まった数年間は苦痛だったが、それがあったからこそ新しい出会いがあったと思えば、ほんの少しだけ我慢していた自分を褒めてやりたい。

雅嗣には甘いと言われるだろう。

反省が足りないと叱られるかもしれない。

だがそう指摘してくれる人の存在は素直にありがたいと思う。

リードも首輪も付けられた。

拾った責任は最後までしっかり取って貰うつもりである。


後日。

「…………みきゆうと。ごさいです」

「芝崎巳継、二十二歳です」

幼児と顔を合わせ、以前雅嗣から渡された黄色い携帯電話に新たな連絡先が加わった。

芝崎巳継二十二歳。専属秘書と同時に専属シッターの役目も拝命した模様。

あとがき

旦那様五作目をお読みくださりありがとうございます。朝霞です。

　高校三年生だった弥尋君も本刊からは大学生にジョブチェンジです。とはいうものの、三木さんとの生活がメインの弥尋君にとっては大学生生活も副菜でしかなく、つまるところ「いちゃいちゃラブラブ」なのは変わらないのです。横恋慕はするだけ無駄なのですが、見目麗しい二人なのでこれからも色恋絡みのあれこれに巻き込まれそう。三木さんはいろいろ手を尽くして予防線を張り巡らせていそうですね。

　三月、卒業ということで桜を取り入れた表紙も素敵です。弥尋君の制服姿も見納めですが、本川・三木両家の方々は折に触れ「高校生弥尋君」を見返し頬が緩んでいることでしょう。

　番外編は思い切って三木さんのお兄さんに焦点を当ててみました。とっても良い人ですが優しいだけでは世の中渡っていけません。犬になった巳継は今後も本編に登場しますので「あ、拾われた犬だ」くらいに覚えておいていただければ幸いです。

　三木さんの愛はとってもとっても深いです。でもそれを受け止める弥尋君はそれを包めるだけ広い心を持っています。まだまだ続く二人のラブラブ生活の今後をお楽しみに。

【弥尋の日記】

「旅行に行こう」

急に隆嗣さんが言い出した時にはびっくりしたけど、そのまま荷造りして空港まで連れて行かれたのはもっとびっくりしたよ。行き先が福岡県の太宰府天満宮だって聞いて納得したけど、そういうのはもう少し早めに予定立てたりするものじゃないのかなあ。土日を使っての一泊だったから隆嗣さんはもしかして突発的な出張感覚で行動してるのかも？　しかも俺のためにわざわざ遠くの神社に参拝に行きたいからって言うんだよ。もう恥ずかしいやらむず痒いやら。飛行機で二時間もかからないから時間的に言えば近くで、これなら日帰りも出来るねって話をしたんだ。

祈祷料を払って合格祈願のご祈禱して貰って、近場の観光をした後で大分まで移動して温泉旅館に泊まりました。なんと！　温泉が付いてる部屋で、お部屋でご飯食べてお部屋で入浴するという怠惰な半日を過ごすという贅沢な気分を味わってしまった。露天風呂が付いているお部屋は高いと思うんだけど、隆嗣さん感覚ではそこまで高くはないみたい。お値段は気になったけど、受験勉強に入った俺のためってわかってるから質問するのは無粋だと割り切って、思いっきり満喫させて貰いました。俺が気に入ったのを見て満足そうにしている隆嗣さん、さては味を占めたな？

【三木の日記】

学問の神様、菅原道真公を祀っている太宰府天満宮にやって来た。東京にも同じく「天神様」はありお参りはしているが、やはり有名な天満宮にもご挨拶しておきたかったのだ。紅梅公と称されることもあるため、梅の花が見頃の三月にもお礼をするために再度伺う予定だ。今回は合格祈願の御祈禱をしていただいた後、名物の梅ケ枝餅を購入し、大分までの移動中に食べることにした。

熱々の間に食べるのもよいがほのかな温かさが残る状態で食べるのも美味しく、菓子に目がない弥尋君もとても満足していた。大分行のバスに乗ってから気付いたが、本川の家と実家宛に送るよう手配していればよかった。まあ、これも三月まで持ち越しだ。

温泉地で有名な大分なので宿泊所はたくさんあるのだが、その中で吟味して選んだのが露天風呂付きの個室がある旅館で、弥尋君の肌を他の人に見せたくないという苦肉の策でもある。出立が急だったのと秋の土日という行楽シーズン真っ只中ということもあり、宿泊料の高い露天風呂付きしか空いてなかったというのは理由としてもちょうどよかった。海と夜景を見ながらの露天風呂を気に入った弥尋君は大層はしゃぎ、連れて来てよかったと心の底から思った。そしてそんな弥尋君は絶対に他の人に見せたくないとも。次からも極力露天風呂付きの個室で予約しようと思う。

初出

拝啓、僕の旦那様　―溺愛夫と幼妻のはじめて日記―
（商業未発表作品「Hello! Darling!5」（2010年）を加筆修正）

名馬と弥尋君
（書き下ろし）

三木さん奮闘する
（書き下ろし）

彼は如何にして飼犬になったのか
（書き下ろし）

拝啓、僕の旦那様 —溺愛夫と幼妻のワンダフル日記—

2025年3月31日　第1刷発行

著　　者　朝霞月子（あさかつきこ）

イラスト　蓮川 愛（はすかわあい）

発 行 人　石原正康

発 行 元　株式会社 幻冬舎コミックス
〒151-0051　東京都渋谷区千駄ヶ谷 4-9-7
電話 03(5411)6431（編集）

発 売 元　株式会社 幻冬舎
〒151-0051　東京都渋谷区千駄ヶ谷 4-9-7
電話 03(5411)6222（営業）
振替　00120-8-767643

デザイン　小菅ひとみ（CoCo.Design）

印刷・製本所　株式会社 光邦

検印廃止